長江出版傳媒 | 长江文艺出版社

北京长江新世纪文化传媒有限公司
www.cjxinshiji.com
出品

CONTENTS／目 录

30 岁，向左走向右走 / 001

与人生坦诚相见 / 008

只有心知道答案 / 012

马上行动就是重新开始 / 017

我好像在哪儿见过你 / 022

不按套路出牌的人 / 026

我是帅哥我傲娇 / 033

人生豪迈，大不了从头再来 / 040

天敌，就是天天都是敌人 / 048

相亲相爱不如相恨相杀 / 056

学会做事不如学会看人 / 061

重要的是能独当一面　/ 068

你尊重的不是老板，而是位置　/ 072

你的气质隐藏在你的姿势里　/ 079

主动承担责任是晋级的第一步　/ 087

善于合作方能强大　/ 096

世事难料，别笑得太早　/ 100

饭可以乱吃，话不能乱说　/ 108

传奇故事里的女主角们　/ 115

恋爱的前兆是精神分裂?　/ 123

逼婚成功有特方　/ 130

才华是一种会发光的东西　/ 136

让女人流泪的男人都不是好男人　/ 141

职场焦虑　/ 148

我爱的人不是你这个样子　/ 157

中年女老板们的情绪导火索　/ 161

威逼利诱，先攻后礼　/ 170

老了要变成天使，而不是巫婆　/ 174

职业的几种上升路径　/ 180

只差那么一点点　/ 189

得不到的永远在骚动，被偏爱的有恃无恐　/ 196

能控制情绪者方能控制人生　/ 203

在一个粗俗的世界里优雅地活着　/ 212

守得云开终见月　/ 220

我们要互相亏欠，要不然凭何怀缅　/ 226

后　记：大时代里的认知革命　/ 231

30 岁，向左走向右走

苏菲菲，南方女子，外表平静，内心动荡。

毕业五年后，苏菲菲已不再是那个明眸皓齿的社会新鲜人，但她依然会时不时地迷惘，依然会为了理想热泪盈眶。

这一年，她 30 岁。

四月芬芳，大地回春，整个北京城也开始鲜活起来。

这是菲菲最喜欢的季节，因为她是白羊座。

从一大早上开始，菲菲就笑吟吟地，满面春色挡不住。她一边哼着陈奕迅的歌一边收拾东西准备出门：“在有生的瞬间能遇到你，竟花光所有的运气……”

她的好室友林容看着她忍不住笑出来：“苏菲菲，从今年起，你就是 30 岁了，得像个 30 岁的样子，好不啦？”

自毕业后，闺蜜团三人组林容、苏菲菲和郑杨杨就住在一起，但郑杨杨靠着卓越的个人能力提前改善了财务状况，结束了租房生涯，已在两年前搬入了自己的小公寓。也是自那以后，只剩林容和菲菲相依为命。

林容比菲菲小一岁，来自中部地区的她，性格里带着一种乐观热辣的劲头，身材瘦小，皮肤白里透红，目光永远亮晶晶的，对生活的一往情深一眼可见。

菲菲噘起嘴巴白她一眼："30 岁是什么样子？难道有个标准模板吗？我这样子的 30 岁就是最好的 30 岁！"

林容在媒体工作，时间比较自由，一边在垫子上做瑜伽，一边回她："这话倒是不无歪理，30 岁仍然活成一个小公举的人真不多。"

抬头弯腰间，她一眼瞥见角落里那只落满灰尘、一脸苦相的"大白"，又想起另一个话题："菲菲，今年张腾送你什么礼物呢？要是搬不回来，记得打电话给我哦。"

菲菲已经收拾完毕，一边准备出门上班，一边撇着嘴巴说："他那种没有想象力的人，能送出什么礼物？完全没有悬念。"话毕，她做了个拜拜的手势，关上了门。

不是她故作平常，而是因为每一年张腾的礼物都没有让她惊喜过。那只一人高的玩具"大白"，还有那个款式老气的挎肩包包，那双不合脚的高跟鞋……几乎每年都是满心的期待最终幻灭为满腔失望。

但是，她还是忍不住要期待。礼物总是代表惊喜和爱意的，今年会是什么呢？她不由得想。

她和张腾已经交往三年多，张腾是大学时高她两届的学长。

张腾毕业后去了英国读硕士，因为智商超群，用四年的时间就完成了硕博连读，后来进入一家著名的金融机构从事金融分析工作，野心勃勃，一心要在伦敦的金融界闯出一番天地。

两人一直维持着异地恋的状态，虽然菲菲的闺蜜们都极不看好他们这一对异地恋，但他们还是在众人怀疑的目光中进入了谈婚论嫁的阶段。

但这个时候，两人之间真正的问题也爆发出来了。张腾要求菲菲去伦敦定居，菲菲希望张腾回北京发展。因为两人谁都不愿意妥协，婚事也就一直拖下来了。

让菲菲感动的是，张腾也并没有逼她做决定，每次谈话一陷入无解的地步，张腾总是自动引开话题。也许，问题的解决只是需要一个时机，一个恰当的时机会将任何一方的牺牲都变成一种心甘情愿的选择，她一直这样说服自己。

说来也奇怪，他俩自交往起就很少吵架，当然也很少惊心动魄、魂不守舍地互相牵挂过，这场恋爱谈得波澜不惊，成熟得有些过头。

成熟一点也许是好的。每当想到这里，她就这样提醒自己。但今天，她脑子里还有另一件事——品牌市场部全体员工会议。

前天她的老板已向她透露过，这次会议上会正式宣布她的升职——品牌部助理经理。

她已经暂代这个职位一年多，工作干得风生水起，大家有目共睹，这也算是实至名归。

想到这里，菲菲的嘴角忍不住泛起了笑意，她觉得四月的风特别轻柔可人，有种说不出的舒服。

虽说工作五年，在一家跨国公司做到一个助理经理也不是什么值得自豪的事，但这事对菲菲不同，因为菲菲工作的前三年都是在新闻媒体行业，转到品牌这一领域也就刚好两年，能做到这个位置，她由衷地对自己的职业生涯满意，既有广阔性，也有立体的上升空间。

这对渴望多样性人生体验、发现人生真谛的她来说，完全是所求乃所得。

九点半，会议室里已经准时坐满各部门的人。

菲菲抱着电脑走进去，坐在同事兼好友王潇旁边。

王潇盯着菲菲的脸看了一眼，悄悄打趣她："今天脸上光芒四射，是昨晚睡到金秀贤了吗？"

菲菲回她："是，梦里睡到了。"

会议已经开始了，两人立刻全神贯注地看着电脑，投入到会议状态。

这个时候，距离苏菲菲人生发生重大变故还有两个小时十五分钟。

两个小时后，会议暂时告一段落，菲菲和王潇拿了咖啡到走廊上透透气。在短短的十分钟时间里，两个高档写字楼里的小白领谈论了重要的人生论题。

望着外面熙来攘往的车流，王潇突然感慨地说："菲菲，我感觉我已经开始讨厌北京了，你看人来人往的，什么地方都是人！这不是我想要的生活。"

菲菲以为王潇昨晚加班太多，今天心绪不好，便安慰她说："北京也有北京的好，就像和一个人待久了也总有互相讨厌的时候，赶紧休个假吧，小别就胜新婚了。"

王潇叹口气："菲菲，我觉得你有时候让我好难理解，张腾一个大好有为青年，伦敦多么高大上的国际大都会，你为什么非要赖在北京这个城乡接合部的地方？"

菲菲仰头笑，果然每个人都羡慕别人的人生。她讥讽地说："你就当我有神经病吧，我就是不喜欢伦敦，那个地方让我感觉不到希望和活力，它的好似乎和我没有什么关系，但北京，这个乱糟糟乌黑黑的地方吧，我就是能感觉到希望。”

王潇不可理喻地看她一眼：“希望能做什么？能兑换成幸福、快乐、有品质的生活吗？”

菲菲肯定地回答：“能，一定能！”

王潇的语气带着一种“朽木不可雕也”式的遗憾：“不要盲目地乐观。那中间隔着长长的奋斗，还有极好的运气。”

菲菲的任性劲儿又来了：“但我就是想看看，用长长的奋斗和极平凡的运气，能不能去到我想要去的地方，做我想做的事。”

王潇继续劝告她：“想到高处看风景有无数条路，不一定非要自力更生的，比如，你嫁给张腾。时光需要好好利用，不要等到看风景时已经两鬓斑白。”

菲菲轻笑：“为什么你也这么说？他能去到的世界永远只属于他自己，和我有什么关系？如果不是亲自靠双手得到，那有什么意思？我不过是想证明我自己。”

王潇摇摇头，已经同事三年多，她们私底下关系又极好，完全不必要虚伪，她忍不住启发她：“菲菲，单是为了一个有意思，也许要付出极大辛劳做代价。”

菲菲不假思索：“我愿意。”

她不死心：“证明了自己又怎样？还不是要嫁人，结婚生子？”

菲菲斩钉截铁：“没错，证明过自己后我就是要结婚生子，但那时我才会觉得自己没白活，活得更昂首挺胸了。”

王潇下个月就要结婚了，婚前心情复杂，今天的话题又过于宏大，她突然说出一句总结性的话来：“也许吧……我年轻的时候，也有过很多宏大的梦想，可是，最终还是要屈从于生活，成为一个平凡的劳动妇女，为老公的一饭一粟每天操持，可能，一生就这样平凡地过去了吧。”

菲菲禁不住笑出声来：“你这是要去结婚，不是要清算和交代人生，结了婚不过是对生活方式做了一点改变，不要小题大做。”

王潇不理她，兀自感慨道：“时间怎么过得这么快，一切好像还没来得及发生呢。”

会议马上又要开始了，两人结束宏大的人生走向问题，进入现实的活动策划和细节探讨中。

正午十二点，北京春天的太阳明晃晃的，真相大白的时刻到来。会议还在进行，菲菲一边焦急地等待着升职宣布，一边期待着张腾的生日礼物，显得有点心神恍惚。

这个时候，一封邮件从菲菲电脑的右下角弹了出来。她定睛一看，一颗小心脏立刻极速跳动起来，不由自主地坐直了身子。她迫不及待地打开来，原本极速跳动的心脏仿佛在一刹那停止了跳动。

会议马上要结束了，品牌部总监总结道：“最后再宣布一件事，经过商量，我们决定将公共关系部的经理郭亮调到品牌部担任品牌市场助理经理……”

菲菲双眼紧盯电脑，只觉眼前一阵天旋地转，信上写着：

菲菲：

30岁生日快乐！我永远的少女小公主！

想了又想，我们还是得面对现实。

从今天起，你30岁了，让我们做一个关于成人的决定。

你不是一个轻易妥协的人，我也不是。

就如同我说了很多次，让你为我煮一次饭，可是你没有；希望你能十点前回家，可是你没有；希望你在我生病的时候，能飞过来看我，可是你也没有；我知道这一次也一样，你不会为了我，来到你不喜欢的伦敦，我连奢望都不曾敢。

分开也许是我们必须要面对的事实。

我永远的小公主，无论如何，我希望你能幸福。

保重！

永远祝福你的腾

总监已经宣布散会，众人纷纷散去。空荡荡的大会议室内，菲菲脸色苍白地坐在角落里，一动不动，好像要坐到天荒地老。

菲菲怎么都没有想到，30 岁竟然会成为一个恐怖片的开场白。

与人生坦诚相见

像往年一样，菲菲的好闺蜜林容和郑杨杨已经在家里准备好惊喜给她庆生。

郑杨杨在去年过了她的 30 岁生日，她目前在一家本土中型广告公司任副总，可谓年轻有为。郑杨杨从小就是家长嘴里“别人家的孩子”，老师眼中同学的榜样。习惯了优秀的她，对周围的人和事都有着极高的标准。除此之外，郑杨杨一直致力于在苏菲菲的人生里扮演导师的角色，尽管成功率极低，但她矢志不渝。这极好地反映了她的性格：一旦认准，绝不放弃。

菲菲人未到家，但她恋情失败的噩耗已经先一步传到。

林容和郑杨杨正焦急地商量怎么安慰这个不幸的 30 岁女寿星。但是听完菲菲讲述的分手原委后，郑杨杨的脾气就一发不可收拾了，她直接代表上帝，宣布了苏菲菲人生的失败。

她说道：“你已经 30 岁了，不是 23 岁了。那是张腾呀，那样的青年才俊是有脾气的好不好？去伦敦定居、嫁给一个高富帅，那是多少人的梦想。可你……你知不知道，你所有的选择和决定不是因为你任性和天真，而是因为你的思维就是一个失败者的思维……”

菲菲坐在她对面，低着头红着眼睛嘀咕一句：“多少人的梦想也不是我的梦想……”

这一句反驳彻底激怒了郑杨杨，随着事业上的成功，郑杨杨这两年的脾气渐长：“苏菲菲，我认识你的时候你美貌与聪明兼备，你拿着满手的好牌从远处走来，所有人都忍不住艳羡甚至妒忌，而你一脸的满不在乎更是让周围的人感到上天的不公。那个时候，我以为那是你的资本，你会利用你的资本把这世界给踏平了，征服了。看看你现在，如果你不去伦敦，你就是把一手好牌打成了坏牌，我代表世界宣判你的失败！”

这个上帝式的宣判力度显然有些重，菲菲“腾”地站起来，睁大了眼睛看住郑杨杨：“郑杨杨，你成天标榜自己是新时代独立女性，可你骨子里就是一个过时泼辣妇女的本色！我 30 岁怎么了？张腾是什么和我有什么关系？我为什么嫁给他就成功了，不嫁我就失败了？这是什么狗屁逻辑……”

眼看一个白羊座和一个狮子座的战争就要爆发了，水瓶座的林容马上出来灭火。林容拿起郑杨杨的包，一边推她一边说：“你不是今天晚上还要写报告吗？先走一步吧，先走一步……”

郑杨杨咬牙切齿，很多话还在嘴边酝酿，就已被林容推出了门外。

菲菲的眼泪终于喷薄而出，她放声大哭。

30 岁了，没有婚姻，没有一鸣惊人的事业，于是被定义为一个失败者，似乎无可厚非。

在郑杨杨的世界里，人生是一台精确的计算机，命运必须时时掌握在自己手里，要闪耀，必须时时闪耀，否则，做芸芸众生的一分子，混在人群中便寻不到痕迹，有什么意思？

郑杨杨在办公室里已有无数人争着伺候，住在亲手设计的花园式房子里，只差一个跻身成功人士的标配老公。但每日清晨，她都可以收到没有留言的美丽鲜花，来自某个被她施了魔力的潜力股，选择多得让她眼花缭乱。前后相比，她似乎有权代表世界嘲笑苏菲菲的幼稚不成气候，宣判她的失败。

这个时候，林容走过来将菲菲的头拥入怀中，安慰她说："亲爱的，你知道为什么吗？因为你30岁了，脑子里仍然都是梦想和爱情，从今天起，你应该转换思维模式，把梦想和爱情从脑子里全部删除，替换上金钱和婚姻，这叫现实，这也叫成人世界的思维方式！30岁了，你得成熟起来了。"

菲菲不买帐，立刻挣脱她："30岁难道就没有资格再谈梦想和爱情？这是谁规定的？"

林容大概自觉这话没有什么说服力，张张嘴又闭上了，最终说出来的是："这不是为你好嘛，现实点儿总没有错！"

看着林容的样子，菲菲眼泪还挂在脸上，但心里却有点想笑。

30岁了，难道已经到了对人生盖棺论定的时候了？

关于30岁的理论有很多，苏菲菲喜欢的是这一个：30岁前，世界是由幻象组成的。它的面孔千变万化，飘忽不定，声色亦喧哗。30岁后，九九归一，真相大白，世界安静下来，现出原形，大浪已淘尽千层沙。

怀着这种观念，在即将到来的30岁生日前，苏菲菲曾经充满了热切的期待，她以为时光把她带入了30岁，是为了让她与永恒的人生真相坦诚相见，之后一切关于人生的幻觉就会消失殆尽，一切生活的谜题将呈现最终答案。就个人状态而言，那是一种风雨之后见彩虹的明朗和沧海桑田后的平静回归，眼里再也不会有散不开的雾气，内心的笃定也会汹涌生长。

也因为这种想法，苏菲菲不是大多数人想象中那个惊慌失措、在婚姻市场上待价而沽的恨嫁女，而是一个热切期待人生真相的求索者，也是一个对幸福怀有最初向往的信仰者。这得益于她强大的个人思考能力。

但事实再次以一种残酷的方式告诉她，九九没有归一，人生的真相还是面目模糊。就如同她以为她已经不会再哭，可还是哭得一塌糊涂。

失败者苏菲菲进入了人生的又一个迷惘期。有时候，她似乎能感觉到命运清晰的形状，坚硬如铁，难以抗拒，但又无法触摸到全部，这叫她非常灰心。

只有心知道答案

日转星移，大地已经苏醒，春光乍泄。可是菲菲却总觉得阴风四起，心里冷得发紫，世界成为一个黑匣子，让她看不到一点光亮。那是她有生以来最难熬的一个春天。现实和理想快要把她撕成碎片，她决定休假一周去日光充沛的泰国修复身心。

“我是一个失败者，我真的是一个失败者吗？”一个人在海边漫无目的地乱走时，她开始无数次地问自己。

女性的价值又是什么？是必须要通过男性来实现吗？是相夫教子传宗接代，还是独立自主自我实现？

一切都像迷雾一样让她迷惘不已，叹息不止。她连日失眠，又觉得当地食物难以下咽，整个人精气神全失。30 岁的这个开场白有些过于可怕，她似乎已经完全失去应对的能力。

一日，闲走中，她被海边一个咖啡馆的名字“真谛”吸引，忍不住走了进去。

黄昏的海风自窗户飘进来轻拂她的面孔，店里放着一首很老的英文歌曲《永失所爱》。那声音沧桑而忧郁，表达的是一个人永失所爱的绝望心情。

永失所爱，让我心碎不已……

永失所爱，让我没有继续生活的勇气……

一瞬间，菲菲泪如雨下。刹那间她冲动地想：她要订一张去伦敦的机票，飞入爱人温暖的怀抱…… 她想起了被爱人宠溺的每个瞬间，失去让曾经的拥有变成一把锋利的刀，一点一点地剜割着她的心，她只觉如万箭穿心般，痛不欲生。

痛到极点的时候，有那么一刻，她似乎清醒过来了：住在伦敦高档精致的公寓楼里，每天唯一的工作是为丈夫准备一饭一粟，然后在漫长的时日里打发一成不变日复一日的时光……

大脑一出现这个画面，她就禁不住浑身战栗。

"那不是我想要的生活，那不是我想要的生活……"一个声音在内心深处出现。

她长长呼出一口气，开始冷静地思考问题。

当初，她和张腾在一起是因为他们认定彼此有共同的特质：他们都希望可以凭借一己之长，在某个领域创造价值，赢得尊敬。但为什么到了30岁，做出牺牲的那个人就是她了呢？不仅要放弃梦想，还要到一个不喜欢的地方，一切从头开始？

菲菲自认不是为了事业可以舍弃爱情的人。相反，和相爱的人分享幸福是她人生最重要的目标。可是，为什么自己会轻易否定了去伦敦生活的提议？

也许环境使人放松。此时此刻，她终于开始面对现实：也许，她没有那么爱他。张腾是一个无可厚非的好老公人选，忠诚善良、聪明有担当、物质条件优厚，但他们价值观迥异，质地相差过大。

菲菲喜欢追求丰富的人生体验，享受世界的多姿多彩，也追求自我价值的实现，但在张腾的世界里，除了自我进步及提升自身影响力，其他纯属浪费人生。他目标坚定，勇往直前，也不允许别人拖后腿。

她曾经以为，要了他的安定，就不要奢求他的浪漫。可是这一刻，她似乎终于看清楚了，不是安定和浪漫的问题，是她和他始终没有心心相印的感觉。他们是那么不同，她怎能下定决心奋不顾身地嫁给他？

这个时候，另一个声音又在脑海中响起：因为你已经30岁了，走入婚姻是你这个阶段应该做的事，况且，他还是那么优秀的男人。

当这个声音在脑海中响起时，她又开始陷入无止境的自我怀疑中。想不清楚的时候，她决定出去走走。

走到街巷处，不期然地，看到整个街道的人都在泼水狂欢。她才意识到，这是泰国的泼水节。

下一秒，她已被一个陌生人拉入狂欢的人群。她索性加入他们，掬起泡着玫瑰花瓣的水泼向四周。菲菲忘我地加入泼水大战，不一会儿就有了自己的战友，也有了自己的敌人。

她的队友里有一个身高一米八的混血帅哥，很快就和她组成了最强二人阵营，两人战斗势头太劲，已经闯开了一条道。

菲菲兴致大涨，像个小女孩一样开怀大笑，热衷输赢，竭尽全力要战胜对方。这个剧烈的活动竟然神奇地洗涤了她的心灵。有那么一个刹那，她好像顿悟一样，找到了问题的答案。

“30 岁就应该结婚吗？哪里有什么应该与不应该？只有我愿意不愿意……只有我的心才知道属于我的答案……没有结婚就是失败吗？我失败不失败为什么要别人来鉴定？不是应该由我自己来判断吗……”

她跳啊，跑啊，尽情地泼水……

半个小时后，已经精疲力竭的她退出来，坐在路边大口喘息。

一转身，看到刚才的战友帅哥坐在她的旁边，正咧着嘴对着她笑。菲菲立刻被他清澈的眼神感染了，也极为友好地笑了。

帅哥伸出手来，用典型的泰式英文说：“我叫 Jack。”

菲菲打趣地说：“我叫 Rose。”

不想，这个 Jack 倒也幽默，说一声：“原来我们刚刚是在泰坦尼克号上。”

菲菲笑不可抑，这个 Jack 还真是有点意思。她说：“多好，劫后余生。”

两个人都笑。

Jack 的眼睛又大又亮，像是一泓清澈的湖水。他很自然地向菲菲发出一个邀请：“我能请你喝一杯吗？”

菲菲连日来的末日情绪刚刚在那场大汗淋漓的运动中已经消失殆尽。

她带着重生一样的心情爽快地答应下来。

Jack 带着 Rose 穿越了半条街，来到一家鲜花围绕的小酒吧。

Jack 为菲菲点了一杯味道清甜的果酒，菲菲尝了一口，已经甜到心里。

她突然想起，有很多次，她要张腾陪她一起旅行，但每一次的回答都是："太忙了，下次。"看来，他们其实对彼此都有不满意的地方。

Jack 注意到菲菲的失神，问她："在想什么，你似乎有心事？"

也许是心绪使然，也许是 Jack 黑沉沉的大眼睛太过明亮，菲菲突然很想在一颗纯净的心灵面前吐露心声。原来，有些话只适合和陌生人说。

她说："我想问你一个问题。"

Jack 开玩笑说："我会算命，你随便问。"

"我放弃了嫁给一个高富帅的机会，你说我是不是很傻？"

Jack 一怔，显然他没有想到菲菲问的是这个问题，但他很快恢复神态说："关于婚姻的事我不懂，因为我还没有结婚，但是我祖母告诉我一句话我觉得很有道理。她说，一个人最终过得幸福不幸福和他什么时候结婚，甚至有没有结婚都没有关系，但是和他有没有按照自己的心意过一生却有关系。"

Jack 的这个结论和菲菲刚在泼水玩耍中的顿悟殊途同归，菲菲一时激动，拍着 Jack 的肩膀说："哇，太棒了，感觉你真的会算命啊！"

Jack 显然是个调情高手："也可能我是你的真命天子，所以懂你。"

菲菲不领情地打击他："可惜我已心有所爱，看来，Rose 注定和 Jack 有缘无分。"

Jack 笑着举杯说："Rose 能遇见 Jack 就是缘分，来来来，为缘分干杯！"清凉的晚风中，两杯酒碰在一起。

菲菲没有想到会以这种方式度过一个愉快的傍晚。

这一夜，她心境变得明朗，不期然地睡得很安稳。

马上行动就是重新开始

一周的独自旅行很快结束。

菲菲一进家门，林容就问长问短，最后还是忍不住说："你要是反悔了，现在还来得及。"

菲菲讶异地说："反悔什么？"

林容说："当然是张腾，他还是爱你的。"

菲菲忍不住一阵反感："那我不爱他了，成吗？"

林容讶异："别开玩笑！"

菲菲呼出一口气："真的，我俩也许没有那么适合，我不想因为 30 岁了，就做一个错误的决定。我现在很感恩我能悬崖勒马，在 30 岁的时候彻底改正了这个错误。我已经被这个世界逼着走了三十年的大众路，从今天起，我要随心所欲，按照自己的心意生活，爱他谁谁。我得对得起我自己，而不是对得起别人的评论。"

林容要顿一顿才能跟上菲菲的这个转变。半晌，她说："好吧，只要你不后悔就行。"

菲菲笃定地说："我不后悔，因为这是我此时此刻真实的想法。

我还有另一个决定，辞职，另择高枝。”

这一次林容很快表示赞成，她一向是个行动派，也希望别人能实践出真知，而不是纸上谈兵，或者只知抱怨不知改变。

“我支持你的决定，趁着单身一人轻，不如就此一搏。你这份工作，老板承诺了两年要给你升职，结果还是一点希望也看不到，我看与其等，还不如抓紧时间赶紧行动。”

菲菲一向很有主意，得到即刻支持的机会并不多。此时此刻，她倍感欣慰。

林容虽然支持菲菲折腾，但也不无担忧。她隐隐感觉菲菲是选了一条吃苦的路，虽然说不上是对还是错，但已让她感慨万千。

“要按照自己的意愿生活是多么美好的愿景，但是也许要吃很多苦。”她犹疑地说。

菲菲不假思索：“我不怕苦，但我怕委屈。”

一时间，两人都沉默了，各自陷入心事。

30 岁了，每个决定的成本开始飙升，由不得她们不多想。

菲菲拎起角落里那只可怜巴巴的大白，走到楼道里，在扔进垃圾桶的那一刻，她默默地说了一句：“永别了，祝我们都好运！”

辞呈马上递上去，老板不想失去这个得力员工，但承诺的升职没有兑现，也不好挽留她，所以辞呈很快批下来，菲菲开始物色新工作。

很快有猎头来找她，陆陆续续的面试开始了。面试还算顺利，不到一个月的时间，菲菲先后拿到两个 offer。

一个是一家外资的品牌咨询公司，他们提供的职位是品牌推广经理，负责为欧美打入中国市场的娱乐公司在中国进行品牌推广。简单地说，她做的是品牌营销的工作。菲菲觉得工作的内容可以接受，对他们提供的三十六万的年薪也觉得比较满意，但让菲菲感到犹豫不决的是，这家品牌咨询公司没有咨询行业一贯华丽丽的高大上气息，显得过于务实和不修边幅。

况且，在中国的规模只有区区十个人。只要想到美好的青春年华仅仅和十个人的团队度过，她就觉得自己被这个世界给忽略了。由此可见，在经历了职场和感情的双重打击后，菲菲的自我存在感有多小。

菲菲第一次去面试的情景让她记忆深刻且胆战心惊。首先，她发现这家公司坐落在一栋异常破旧的六层小楼里，走进去又非常惊讶地发现大厦前台竟然是一个穿着保安制服、有着一张黝黑长脸的四十岁大叔，她顿时心凉了一半。但她担心自己先入为主的思维影响面试效果，马上调整心情安慰自己，英雄不问出处。

面试非常顺利，这家品牌咨询公司的 CEO 是个台湾人，菲菲表现出来的职业谈吐和专业素养让他感到百分百的满意，他当即就和菲菲约定了第二次面试的时间。

第二次面试的时候，菲菲已经忽略了先前的不适，重心放在观察这家公司的员工上。不看不打紧，一看就更灰心了。她的这些未来的同事怎么看都不像是有良好职业履历的人。虽然教育背景和职业履历并不能代表一个人所具备的职业资本，但是她五年的工作经验告诉她，教育背景和职业履历确实在某种程度上可以决定一个人的见识和格局。人都是群体动物，在什么样的圈子里就决定了你会成为什么样的人。平心而论，菲菲不想成为其中的一员，她犹豫了。

在她犹豫的过程中，菲菲拿到了第二个offer。这个offer来自一家历史悠久的法国香水公司，叫AQ。这家法国公司来华已经二十多年，在中国有很深厚的根基。毕竟是国际大公司，公司的整体形象不错，再加上直接上司看起来和蔼可亲，给菲菲留下了很好的印象。

这家法国公司给菲菲提供的职位是品牌创意部助理经理。菲菲对这个职位勉强满意，但唯一美中不足的是，他们提供的年薪是二十八万，这个薪水与她上一份工作的薪资几乎持平。

看见菲菲犹豫，阅人无数的人事经理马上觉察，说："苏菲菲，我坦白点说吧，这已经是我们能提供的最多预算了，请你理解。我们每年都会调薪，所以只要performance好，薪水的上涨空间还是很大的。"菲菲被他的"坦白点说"打动了，也不知道怎么着，竟鬼使神差地就点了点头。

人事经理眼里闪过一丝欣慰，爽快地结束了这场谈话，送她到门口的时候，不由自主地说了一声："苏菲菲，欢迎你成为公司的一员，我来公司工作已经有八年，你是我见过面试通过最快的员工，简直创下了一个新的纪录。"

菲菲觉得这代表公司对她的认可，打心底感到高兴，蹦蹦跳跳地走到了楼梯间，她终于意识到了问题的关键：卖得价格低，当然市场就好。这个想法一浮上心头，她就沮丧了。

究竟选哪个呢？大公司环境好、平台大、制度规范明确且比较稳定，缺点是对制度的依赖更强，且分工过细，个人能力发挥的空间有限。而小公司呢？人员素质良莠不齐，做事没有规范，一切依赖于领导者的做事风格，稳定性也差，优点是比较灵活，且个人的发挥空间非常大。

菲菲犹豫了。

反复思考无果后，她想起了在泰国时她曾问自己："苏菲菲，你想从一份工作中得到什么？"

她脑子里开始浮上一个念头：发挥所长，不断进步。

答案渐渐明朗：从工作内容上看，明显后者更适合她发挥所长。

菲菲听从内心的声音，选择了大公司AQ。

我好像在哪儿见过你

半个月后，场景置换，她已经换了个天地打天下。时代的巨轮在滚滚向前，她也不能一个人被落在后面。

事实上，AQ 作为老牌欧美企业在外企中非常具有代表性。这几年，随着市场大环境的转变，AQ 的业绩已无法和黄金时代相提并论，同类竞品的增多及销售模式的新变化都对其市场份额形成了巨大冲击，销售业绩一年不比一年，与此同时，公司内部管理层也动荡不安。

这一年，AQ 大中华区总裁麦克林刚刚上任，法国总部派这位哈佛商学院管理学博士来扭转表现疲软的大中华区市场。新官上任三把火，管理层人心浮动，都在看这位新官的火往哪个方向烧。

菲菲在品牌部负责文案创意工作。香水公司到处充满奇异的香氛，恍惚中她感觉这将是一份充满美好且制造美好的工作。

品牌部的负责人罗瑞是个美国人，但来中国已经十几年，又娶了位中国太太，是个典型的中国通，说一口比菲菲还标准的普通话，倒让菲菲暗觉不好意思。最重要的一点是，他和菲菲是校友，因他曾在菲菲的母校读过 MBA。菲菲一向感性细胞发达，越发觉得这里莫名亲切，甚至认定这个地方即将是她抛头颅洒热血的地方。

在为新员工苏菲菲设的欢迎宴上，菲菲正式认识了她的同事们。初来乍到，不免生疏，也摸不准这家公司的文化风格和员工相处模式，她小心地挂上笑脸，不住地点头，大家对她的第一印象是“斯文有礼”。

大家逐一简单自我介绍后，她了解到这个部门共有两个部门经理，一个是乔正，一个是艾米。两个人各自带三名级别不同的员工，菲菲被划入艾米组。乔正组主要负责品牌推广，而艾米组负责品牌创意。

菲菲记得有人这样介绍乔正：“这是我们的乔公子，学富五车，风流倜傥，聪明能干，引无数妙龄少女竞折腰，京城第一帅，帅到没朋友……”

乔正故意打断正在介绍的人，对着苏菲菲开口道：“新同事苏菲菲你好，我能问你个问题吗？你的理想是什么？”这个问题一出口，大家都笑了。

话说这个乔正倒也确实有几分公子哥气质，身高一米八，身材匀称，穿西装马甲，头发一丝不乱地向后背过去，眉毛浓黑，帅气中自带几分威严。

事实上，菲菲早已见过他。那一日她来面试，在大厅等人力资源部的人来接，猛然抬头间，看见一个惹眼的帅哥迎面走来，仿佛是习惯性地，对方用余光上下把她打量了一番，然后擦肩而过。那时那刻，菲菲脑子里冒出的第一个念头是：难道这就是传说中的“势利眼”？不过一个陌路人，她瞬间就忘记了，没有想到，以后竟然是同事了。

菲菲笑了笑，觉得这个问题很不好回答，答得真诚显得老实无趣，答得不真诚显得油滑没品位，想了想说，“我的理想就是上中国好声音去回答这个问题。”答得算是恰当，众人笑了。

乔正倒也记性不坏，又来一句：“好像在哪里见过。”语气太过真诚，倒好像在故意逗乐。

有人来了一句：“是，宝哥哥。”

还有人打趣：“世间所有的相识都是久别重逢。”众人又笑。

乔正正色道：“我说真的，真的就是真的。”

菲菲看着他笑笑，并不准备道出原委。

然后又有人介绍艾米：“我们team的知心大姐姐，人超级超级nice，温柔善良，是我们永远的依靠，永远的避风港。”大家又是一通笑。

乔正带三名下属，分别是素素、白玲、王浩。艾米带三名下属分别是菲菲、米亚、郭超明。菲菲对这个由“80后”组成的活泼新组织初感满意。她对掌握她职场命运的直接上司也感到由衷的满意。艾米虽然是“70后”，但是看起来非常年轻，真诚敦厚，待人热情，长相温柔，和菲菲一见如故，菲菲不由得喜欢她。

素素是个乐天派的可爱女孩，性格开朗，充满少女般的天真和活泼，也因为自己资历浅，态度非常谦卑，深受众人喜爱。

白玲是个皮肤白皙的姑娘，相貌中等，虽然是南方人，但完全看不出南方人的细腻清秀，长相甚至有些粗犷，行为举止也有些男孩子气，穿衣打扮更是不得要领。但有一点，非常白，一白遮百丑。

王浩是个非常养眼的帅哥，性格温文尔雅，有些沉默，也有些幽默，具备较强的独立思考能力，气质也有些特别，菲菲第一眼就对他有好感。工作几年，对人世多了些了解后，菲菲发现独立思考能力真是这个世界普罗大众极度稀缺的能力。大部分人都是做一份工，每天吃吃喝喝，能够没有麻烦，一起开心笑笑便对日子感恩戴德，但还有另一种人，对自己和生活有点要求，有点追求，立刻便会在人群中凸显出来。这种东西，如才华一样，自带光芒，很难掩饰。王浩就属于后一种。

米亚是两个孩子的妈，结婚早，当妈早，较早过上了安定的家庭生活，但因为年龄并不是很大，所以在这个以未婚为主的群体中，经常被忽略其已婚身份。她性格外向，心地善良，做事认真，非常适合在一个大机构勤勉地做下去，也因此，这个环境和位置天然地适合她。

郭超明是个天生的段子手，相貌也自带一种幽默气质，只要一张嘴，整个世界都要跟着他东倒西歪乐一阵。他的笑话又接地气又充满创造性，只要身边有两个以上听众，他就自然成为一场真人脱口秀的表演者，给他身边的人带来许多欢乐，因此，他人缘极好。菲菲第一次见他的时候，就知道他的人生目标是买一辆好车，由此可见，他是个务实且努力的快乐青年。

菲菲深深感受到了新公司蓬勃的热情和活力，她的一颗心慢慢地暖和起来。她禁不住卷起袖子，准备大干一场。

不按套路出牌的人

上班第一周，菲菲就接到一个死案。

那个死案已经在数位员工的手上轮转了数月，也没有结果，但因为在前期已经花费了大量的调研预算，总得有个交代，于是菲菲只能默默自老员工手上接下这个陈年旧案，硬着头皮往下做。因为作为一个新人，她没有反抗的资格。

苏菲菲一向有老黄牛精神，只怕工作清闲没有挑战，天性里的战斗因子又被激发了。每日埋头死干，研究大量陈年资料，又分析市场同类型案例优劣，希望能变废为宝，交出一份满意答案，在新公司新位置有个漂亮的开场白。

一日，加班至晚上九点以后，突然有人递上一大杯热咖啡，猛一抬头，看见大老板罗瑞一张笑脸，恍惚间，她觉得眼前的这位大鼻子蓝眼睛的美国佬简直就是上帝派来安慰她的天使。

大老板罗瑞一向待人亲切，他和蔼地问："菲菲，最近看你每天都加班到很晚才走，在忙什么呢？"

菲菲怔了一下，反应过来后，不由自主地倒吸一口气，慌忙站起来问好道谢。她如实道出事情原委。她原本准备了几个方案，但每个方案都有优劣，一直拿不定主意，看罗瑞坐了下来，仿佛很有兴趣了解详情，于是细细讲了一遍所有备用方案，小心翼翼地请教意见。

没有料到，不知道是出于对新人的鼓励还是真心赏识，罗瑞对几个方案都甚是满意，从各个角度都提了点意见，随后，鼓励菲菲都做下去，并且表示很可能追加一些成本，做成一个品牌宣传系列。菲菲当下受到鼓舞，决定尽最大努力把方案做到完美。她喝了老板亲自送来的咖啡，工作更加铿锵有力，直到晚上十二点前才消失在夜色中。

大老板罗瑞对新员工苏菲菲的表现还是有些微微的触动。当然，她的方案并非让他耳目一新，毕竟她对公司情况的了解还有限，需要时日的积累才能准确理解核心点，但她的潜质和才华已露出锋芒，那是一种明晃晃的东西。而且，她在工作上表现出来的积极上进也让他另眼相看。

在大公司里待久了，发现混日子的人多得数不过来，五年或者十年做着同一件事的员工大有人在，对自己没有要求，对别人更没有要求，唯一的想法是有个位置，每天吃吃喝喝，一年又一年舒服地活下去，他似乎已经很久没有看到这种年轻的锋芒和锐气了。罗瑞当下在心里给苏菲菲打了九十分，决定以后特意观察，尽力培养。

事实上，今天压在大老板罗瑞心头的是另一件事情。年度评估报告马上要出来了，他的部门今年有一个晋升名额，而综合考虑后，这个名额目前正在乔正和艾米之间摇摆。乔正的业绩和能力是有目共睹的，而艾米的尽职尽责和忠心耿耿也是突出优势，加之又是将近十年的老员工，更是不可忽视。究竟该给谁晋级呢？他在下班前和副总桃乐丝沟通了一下，达成一个简单的意见，那就是给两个人出一个题目，以结果论输赢。至于这个题目，就是各自做一份关于下个季度的品牌传播计划书。主意一定，他长嘘一口气，走出了格子间。

林容已经有一周多没有看到菲菲了。这天，她因为追《纸牌屋》入迷太深，终于见到了加班晚归的苏菲菲。

看到苏菲菲躺在沙发上长长呼气的疲态，她不舍地按了下暂停键，像猫一样伸了个惬意的懒腰，站了起来。她一边摆动细细的双臂，一边揶揄地说："菲菲，你这是闻鸡起舞吗？为着资本家的一份工作咱不值得拼命啊，是不是上次杨杨骂你太狠了。你别和她一般见识，世界上的人要是都像她那样做起事来不要命，那世界大战分分钟就爆发。"

菲菲已经累得没有力气，目光呆滞、气息奄奄地回复好友："闻什么鸡起什么舞，我一大龄单身未婚女，顶多也是为了生计四处奔波，没有那么高的境界，对了，你的创业大计准备得怎样了？"

林容毕业后一直在一家非常有影响力的经济类媒体工作，上升到一定级别后被同行挖走，在市场部负责内容策划。但工作六年后，深觉给人打工已不能满足自己的职业抱负，她正在物色创业机会。她和菲菲，甚至杨杨都有点不同，如果说菲菲和杨杨性格和思想里多少根深蒂固地含有些精英主义倾向，那么林容的极大不同是，她非常脚踏实地，是现实主义和行动派的典型代表。

此时此刻，被问到创业大计，林容立刻兴致高涨。她在宽大的白色落地窗前停住脚步，面色平静，情绪激动地摊开手，对着窗外的月亮演讲般地说：“菲菲，我们赶上了一个好时代，好时代就应该有所作为，我们不作为就是对好时代的辜负……”

说这话的时候，皎洁的月光正透过窗玻璃照射到她的脸上，她的脸处在一片昏暗的光线里，眼睛闪闪发亮，非常动人。她继续说：“内容为王的黄金时代来了，我要迫不及待地跳入时代的洪流了……”

菲菲觉得林容斗志昂扬的样子十分让人动容，不由自主地说：“我仿佛看到了一个女乔布斯，女扎克伯格……”

林容自信地说：“这是一个草根逆袭的时代，一切皆有可能……”

她兴奋难抑，索性坐在菲菲旁边的地毯上，滔滔不绝地开始讲述她的创业大计：“我前天被朋友拉着去参加一个八分钟相亲会……”

菲菲即刻讶异道：“相亲会，你们家小李子……”

林容打断她：“我们家小李子当然知道啦，别惊讶，姐又不是劈腿，姐的原意是想要气气小李子，不过，小李子没有生气，姐反而很生气……”

菲菲忍不住笑起来，林容的恋爱史一直堪比电视剧。她和小李子认识六年，恋爱三年，中间分分合合、轰轰烈烈搞得元气大伤数次，现在终于进入平稳期。

小李子国内一流名校毕业，智商奇高，人沉默且幽默，事业心极强，理想主义情怀严重。唯一缺点是，不想结婚，因为抱定了要先立业再成家的想法。但这一点却是林容的心头恨。

说到烦心处，林容摇了摇头，无奈地结束话题：“不提他了，言归正传。我觉得婚恋市场真心是遍地黄金呀，尤其在北上广这样的大城市，大龄单身未婚男女青年密集，而婚姻又是人生的一项必须任务，无论贫富贵贱，在未婚的这个事情上，人人平等，所以这个市场前景不可估量，况且，成本又低……”

菲菲已经睁大了眼睛，从她的角度望过去，这可能是个不错的生意，但是太过没有价值，远远比不上发挥专业所长的工作更能给人带来价值感。她犹豫地说：“总觉得这好像不能成为一项长久的创业项目，可复制性太强……”

林容马上反驳她：“怎么不能成为创业项目了，你不看看世纪佳缘和百合网之类都是做婚姻这个生意的吗？可复制性强所以像我等没有资本没有资源的人才能入手……”

菲菲想了想，觉得还是有问题：“可是，如果你做婚恋生意，那你作为一个大龄未婚女性，是不是太过没有说服力了。”

这句话说到了林容心坎上，她顿时双目圆睁，呼出一口气：“这是姐的心病，你看着吧，姐非得把这个小李子处理掉不可！”

菲菲见状忍不住笑起来：“你也就解解气罢了，你俩可别再演了啊，我们陪着入戏也好累的，又劝合，又沟通，又安慰，手忙脚乱。你俩惊天动地，我们也伤筋动骨，这不是两败俱伤，是三败俱伤。”

林容狠狠地对着空气说：“你就等着看吧，忍耐是有限度的。”

说完，她踱步到窗边推开了窗户，抬眼眺望漆黑的夜幕，继续抒发鸿鹄之志：“人生的意义就在于创造自我，而自我是要在努力做事中创造出来的，过程才最重要，结果只是给别人看的，而我想做的就是努力创造独一无二的自我。”林容今天罕见地高屋建瓴，说话间，她手伸出窗外，似乎要摸一摸天上的星星。

“林容，那颗星你一定能摘得到。”菲菲被感染了，充满感情地说。她很受触动，但身体也真真切切地感到疲倦，便站起来走入了浴室。躺在宽大的浴盆里，氤氲着厚厚的水汽，菲菲的小女孩儿性子又上来了。她踢着浴盆里的泡沫左一下右一下，哼着流行歌，一个人玩得不亦乐乎，现实的烦恼纷纷退避三舍，绷紧一天的神经终于放松了下来。

她拿起一小杯红酒一边小酌一边开始习惯性发散思维。她一直有小酌的习惯，甚至深为不能享受该项乐趣的人感到遗憾。

酌着美酒，受着热水的安抚，她想起了刚才和林容讨论的话题，又不由得想到了小李子这个传奇式人物。

小李子是一个非常有个性的人，因为智商奇高，思想体系自成一体，又独特又自信。他自清华大学毕业后一直做工程师，做了四年后，在职业前景一片大好时，看到旁边工位上的校友同事跳槽到一全球知名基金公司开始拿 global pay，于是毅然辞职并卖掉三环边上的小房子去美国读硕士。

两年后，小李子自康奈尔大学毕业回来，正式进入金融行业，也拿到了令人羡慕的 global pay。但其时，互联网经济正在崛起，工程师的黄金时代已经来临，两相比较，他发现自己拿到的 global pay 和顶级的技术人员相差无几，卖掉的房产在两年的时间里已经升值三倍，从收益产出的角度看，留学美国之旅似乎并非成功之举，优越感顿时化为乌有。

其时，小李子也要奔三了，有了一个女朋友，并且已进入谈婚论嫁阶段。两人合资在三环边上入手一套一百平方米的大房子，但半年后，还没来得及领证，已发现性格诸多不合。协议分手时，开始处理共同房产，小李子出于男人的尊严，只拿了自己原出资的二分之一，房产留给了前女友，几乎是净身出户了。再过一年，发现那套房子已翻了三倍，并且仍然持续升值中。

这一系列经历让小李子对人生产生了一种幻灭的感觉，好像冥冥中真有一个所谓命运的东西决定着一切，个人的努力完全徒劳，他也着实消沉了一段时间。还是他后来的女朋友林容点化了他：过于聪明，不能专注，反被聪明误。

小李子遇上林容的时候，已经是一个为人处世很沉稳的男人，但他仍然野心勃勃，对自己的人生不甚满意，伺机寻找翻盘的机会。

在雄性竞争未完成的状态中，他对林容的逼婚显得有些手足无措，无以应对。近来，也甚少来她们这里玩耍聊天，明显是怕了。

想到这里，菲菲不禁有些为林容的这段恋情担忧。千万不能步我的后尘啊，她不由得想。

我是帅哥我傲娇

过了 30 岁后，新员工苏菲菲的事业心像是早晨的大太阳一样正在冉冉升起。

她像一头老黄牛一样每天埋头做方案。她的上司艾米也有意提点她，带着她参与到很多项目中，工作忙到不可开交。之前失恋和失业的痛苦，已经被抛到九霄云外，元气渐渐恢复，生活重新向她展开花容月貌。

她的好闺蜜杨杨又开始像妈一样地给她张罗着介绍男朋友，她左右推不过，终于答应要去见一见。在这件事情上，苏菲菲也狠狠地嘲笑了一下自己。几年前，她还非常鄙视那些在婚姻市场上论斤论两决定购买力的大龄男女们，认为生活如果沦落至那样的地步真真是没有半点意思，可是仅仅两三年，她就要变成其中的一员了。

她突然想起了一句话："时间慢慢地把我们变成了自己最看不起的那种人。"菲菲突然觉得莫名地悲哀。在时间面前，大抵没有人是旗鼓相当的对手。

一日，做方案做到头疼至极，她端了杯咖啡到顶楼去透口气。不想，刚踏一步上去，看到一个熟悉的背影，只听那身影说道：“在办公室里，我还是希望我们能保持一个正常的朋友关系，我不希望这影响到我们的工作……”

菲菲定睛一看，原来是乔正。不由左右一瞟，又看到一个人，倒吸了一口气，是公司业务部的杜雯。原来这两个人是这种关系！菲菲深吸一口气。

菲菲不想别人误会她偷听，迅速转身下楼。一边走一边想，办公室恋情！大公司林子大，果然什么事都有。

这天中午，她和公司三个同事一起去吃饭，有乔正、白玲，还有郭超明。见到乔正，想到上午天台上的事，怎么看他都像是一个游手好闲的公子哥。心里想，兔子还不吃窝边草呢，他连窝边草都吃，职业操守可见没有多高。

这样想时，不禁扯了扯嘴角。不想这个动作立刻被敏感的乔正捕捉到了，他看着菲菲的眼睛，有些疑惑地问：“菲菲，有什么事不高兴吗？”

菲菲暗吃一惊，没有想到乔正原来如此明敏，马上说：“怎么会啊，在咱们公司工作，每天都是高兴的事。”

郭超明是个搞笑高手，只要有他在，众人的嘴很难再归位，笑了一路，来到汤城小厨坐定。

乔正被委以点菜的重任。轮到大家点饮料时，他转身对坐在旁边的白玲温柔地说：“我帮你点了你喜欢的西米露。”

白玲被这样体贴地对待后，不由自主低下头来，嘴角带着几丝甜蜜的笑意，异常柔声道：“嗯，谢谢哦。”因她长相有些男性化，配上这样少有的呢喃细语和含羞草一样的温顺表情给人造成一种男扮女装的不合时宜感，场面怎么看都有些搞笑。

菲菲见此情景，差一点把嘴里的茶水喷出来。心想，帅哥果然没有省油的灯，那边厢在搞地下恋情，这边厢又举手之劳在撩妹，段数之高已是大师中的大师。思想间，又禁不住摇摇头。

乔正属于这个世界上洞察力一流的那种人，这个举动又被他看在眼里，这一次，他似乎有点不好意思。然后，像是要报复一样，乔正问出一个让菲菲介意的问题。他直视菲菲的眼睛，咄咄逼人地问："菲菲，你是租房住还是自己买的房子？"

菲菲一怔，想了想，老实而不客气地回答："租房，而且是合租的那种。"说完后，她微笑着意味深长地看了乔正一眼。心想，对，姐就是你这种人看不上的那种人。

乔正又姿态高高地说："那挺不容易的。"

菲菲马上答："是，屌丝生活哪里有容易的呢，这一点高富帅永远体会不到。"

乔正微微怔了一下，他以为她会美化自己。

苏菲菲又补一句："为了生活，四处奔波，酸甜苦辣尝遍，真是不容易。"

乔正不置一词。

郭超明又讲了几个笑话，把大家逗得前仰后合后算是结束了这顿午饭。

乔正最近有点好奇苏菲菲这个人物。

首先，那一日在她的入职欢迎宴上，她的眼神分明告诉他，她记得他们曾经不经意地有过一面之缘的，但她偏偏一声不响。其次，前两日看了她提交的创意方案，貌似确实有点才气。再次，为人处世时，身上自带一股独立气质，非常显眼。看她在会议上发言，对自己的喜好不加掩饰，毫不介意得罪任何人，又让人暗暗捏一把汗。最后，乔正隐隐感到，大老板罗瑞似乎也有意栽培她，重要会议总叫她参与。总体衡量，觉得这个人物有点意思。

乔正自认对女人的了解几乎很少有人能出其右，但这个苏菲菲似乎很难归类，好奇心和好胜心促使他做了个决定，要一探究竟。

事实上，长到33岁，在帅哥乔正最擅长的事情里有一件最让他得意，那就是征服女人。无论大的、小的、老的、幼的、美的、丑的，只要他乔正愿意，分分钟被搞定。身为高富帅已是吸睛亮点，加上情商智商都不错，自是魅力不可挡。

多数时间，女人们只要看见他就不免会秋波暗送，他再略展魅力，那就是神魂颠倒了。至于和她们的关系要保持在哪种级别上，这完全取决于他的个人心情了。

因此，他永远单身，永远年轻，永远在万花丛中过。也因此，他极不习惯年轻的单身女人面对他的目光过于有距离，比如，眼前这个苏菲菲。

这一天，市场部的会议上，大家在讨论新的品牌标识。因为各部门意见不同，很难达成统一意见。乔正坐在苏菲菲旁边，中场休息时，他有意示好，问："菲菲，要不要去喝杯咖啡？"

没有想到，菲菲即刻友好而客气地答："我不想去，谢谢你。"

再过一日，因为是周五，办公室整体气氛比较放松，他请身边两位同事喝下午茶，路过菲菲旁边时，他特意叫她："菲菲，走，一起去喝个下午茶？"

菲菲又是客气而友好地回答他："谢谢，我手上还有点事情没有做完，就不去了，你们好好喝呀。”

两个回合下来，乔正不免有些不快，心想：以为自己是谁啊？这么大牌！屌什么屌啊！不就是个北漂单身小白领嘛！毛病倒是一身！难怪大龄未婚！

在某种程度上说，乔正这个人世界观非常简单，他喜欢把这个世界上的人简单地一分为二：对他好的和对他不好的。对他好的他会加倍奉还这种“好”，对他不好的他也会加倍地把这种“不好”还回去。

自此以后，菲菲就被他归入了后一种人中。生活中让乔正开心的事情太多了，他只消一个念头就决定再也不会理这个矫情的人。

周五嘛，Friday，要开心，要放松，有烛光晚宴在等他，有摇曳生姿的美女在等他，这才是生活，让人沉醉的生活！但这个周五，他有点郁闷了。

该名美女叫邓凝。

这个晚上，就在他们良辰美景奈何天的时候，邓凝却非要来一句：“亲爱的，我们已经认识快一年了，你还没有带我去见你父母呢。”

这句话一讲出来，气氛立刻凝固。

乔正的笑容立刻僵在了脸上，他顿了顿，尴尬地说：“干吗见父母呢，咱俩就这样不是好好的吗？”

邓凝那张美女的脸立刻变形：“难道你从来没有考虑过我们的未来？”

乔正当即想，确实没有，而且也没有打算考虑，但这话只能烂在肚子里。

像每次一样，他开始循循善诱：“不要这么较真嘛，现在好才是真的好，以后的事以后再说，你说是不是？”

当然不是！这句话一出口，邓凝立刻怒火上脸，强压着火气说：“这么说，你是只想和我有现在，而从来没有想过未来了？”

乔正对女人一向是极尽浪漫和温柔的，他原本就觉得她们是那么可爱的一种生物。当然，只要她们不提那一句紧箍咒——“我们结婚吧？”

说来也令人惆怅，大概自成年以后，他就被各色美女投怀送抱，到了适婚年龄，更是如此。美女们个个像捕获猎物一样对他撒开大网，他逃啊逃，总是疲于奔命。

这个时候，乔正轻轻呼出一口气，上前拥对方入怀，温柔地说：“你最了解我了，我一向是个今朝有酒今朝醉的人，活在当下，不喜欢做规划。你看马上要五一放假了，咱去马尔代夫玩，散散心，好不好？你不是一直都想去吗？”

平日里，这样的甜言蜜语一出口，保证万事大吉，可是，今日不同，今日她谈的是关于他们这段关系的走向问题，所以她气鼓鼓的，无动于衷。

她也是个聪明人，知道发火解决不了任何问题，可是问题总得要解决。为了避免出现不想要的结局，她站起来，一言不发，拿了包，要推门出去。

他上去阻止，她瞪着大眼委屈地说：“你想清楚了再来找我！”

他在她身后站住了。不用多想，这段关系又落入了窠臼，该是分道扬镳的时候了。

乔正真正感到了头疼。结婚结婚，女人似乎一过二十五岁，眼里就剩下一件事，那就是结婚！难道不知道除了结婚，这个世界上还有一件事情叫谈恋爱!

想到这里,他又不由得想起公司的那个杜雯,太阳穴又开始疼了。在公司里张大鼓拉大旗地向他求爱，真让人下不了台，他不过就是和她私下里吃过两次饭，逛过两次街而已，犯得着深入地想到那个境地吗？拒绝得太狠显得他不是个真男人，不拒绝呢，不喜欢也不能勉强，上个班也不能让人安心。

想到这里，乔正不由自主地喝下两罐啤酒，倒头睡着了。

人生豪迈，大不了从头再来

苏菲菲手上的陈年旧案终于有了新进展。虽然没有如愿做成系列，但终于可以向前推进一步，菲菲长长地呼出一口气，熬夜多日，她的黑眼圈已明显如同大熊猫。

这一日，她发了十个方案给所有与项目相关的人，并给每个方案按照推荐级别排序，同时也梳理了每个项目的优缺点。四十张 ppt 一发出去，立刻引发了一阵不小的轰动。

大家感受到了她汹涌的正能量，也都第一时间积极回应，半天时间后，方案已经初步确定。她又根据大家的意见进行整体修改，眼看方案就要定下来了，菲菲觉得如释重负。

在菲菲发出的最终一版修改方案上，大家各抒已见，从各自角度提了一些细枝末节的修改意见，都睁一只眼闭一眼，心里都明镜似的，知道这个陈年旧案能被梳理成这个模样已实属不易，能做就赶紧做出来吧。

但没有想到的是，乔正给出了颠覆性的意见，他是这样说的：“菲菲，这个案子的方向我同意，我觉得核心诉求也把握得很准确，而且文字优美，表达清晰。但是，从推广的角度来说，我们目前的这个片子因为预算所剩很少，我们只能从网络推广的角度走，如果是走社会化媒体的推广路径，那这个调性就过于正统，而且过于教育性质了。我觉得最好能够加入一些与当下社会热点密切结合的点来进行修改，否则我担心推广起来不尽如人意。”

菲菲仔细听了乔正的发言，一时语塞，用两只熊猫眼盯着乔正不知如何回应。于理，她觉得乔正所说有几分道理，但于情，如果这样改起来，那就相当于推翻重来，虽然不至于前功尽弃，工作量还是不可估量。

顿了顿，她理了理心口涌上来的这口恶气，尽量职业地回复乔正："我也同意你的意见，谢谢你的宝贵意见，我修改时会着重考虑这一点。"

又熬夜两天，新的修改方案出来了，菲菲发邮件给所有参与这个项目的人。除了乔正，其他人均无任何意见。

乔正在邮件中回复她：方案有些自说自话，需要改变沟通语言，便于受众理解。

菲菲立刻回复他：无论这个片子的成本如何，它还是一个产品的品牌广告片，不是功能片，也不是形象广告片，基于其定位，目前的语言应该还算符合其本身的定位。

乔正又回复她：我同意，但从推广的角度来说，能够具有传播性的广告片不仅仅能清晰地表达立场，而且表达的也是大众的立场，目前的传播态度有些生硬。

菲菲想了想乔正的说法，觉得也有些道理，便又花费一个下午的时间改出了一个新版本。

乔正又马上回复过来：语言更加优美，但貌似传递的态度仍然稍显生硬，老问题貌似并没有任何改进。

数次沟通下来，菲菲觉得乔正的立场非常像她的老板，心里已经非常不舒服，于是不客气地说：能否给一个清晰的例子，我不是很明白你说的点。

乔正再回过来：对不起，我不是做创意的，只能给意见，不能给出很明白的点。

菲菲也不客气了，又回复过去：我是做创意的，但对不起，我不接受模糊不清楚的意见，还有表达不清的点。

两个人眼见着在邮件中你一言我一语地要围绕着一个“点”打起来了。

紧急时刻，菲菲的老板艾米赶紧站出来灭火。

艾米一个电话打过来，让菲菲去她办公室聊聊。

在那间摆满绿色植物的办公室里，艾米对坐在对面的这位有个性的新员工菲菲和蔼地说：“菲菲，知道你这个案子做得吃力，能推进到这个地步已经非常不错，你的才华大家也有目共睹。你和乔正的邮件我看了，再争执下去也不会有什么结果，这样，我来改动一下，看看能不能get乔正的点，毕竟我和他们工作磨合的时间长。”

老板都这样说了，菲菲听话地点点头，默默退了出来。

从办公室到工位的路上，她想起一个问题来：其实，她和乔正本可以私底下好好沟通一下，商量怎么改这个创意的。但两人都天生骄傲，又似乎谁都看不上谁，于是谁都不愿意主动示好，差一点点就一发不可收拾。

乔正这边心里也不爽，他不是不知道案子做得不容易，可是他要对传播的结果负很大责任的，刚就因为一个案子的传播情况不理想，老板委婉地表达了不满意，况且他现在还处于是否升职的非常时期，半点差错也不能出，他不得不打起十二分精神来应付。

再说，处在他的位置上，他也有义务提出自己的意见，不想这个苏菲菲完全不按套路出牌，态度强硬，心思难以捉摸，一下子激发了他的斗志。

但无论如何，方案总算告一段落。

这日，菲菲终于准时下班回家。出乎意料，一开门，她看见林容正趴在沙发上哭，把她吓了一跳。

菲菲慌忙走过去安慰。一问，顿时后悔不已，觉得自己为了工作竟然这么无视闺蜜的日常动态。这已经是林容和小李子分手的第三天了。

林容一边哭一边道出原委。她想结婚，因为她已经准备辞职创业了，而且要做婚恋生意，所以她必须结婚才能具备说服力。在她下了最后的通牒以后，小李子思考了整整三天，结果是三个字：对不起。

像以往数次一样，菲菲马上想到自己该做什么了。她安慰林容："你先好好哭一下，我一会儿就给小李子打电话狠狠骂他一顿，让他来给你道歉……"

话还没有说完，林容慌忙拦着她："不能，坚决不能！不能给他打电话，苏菲菲，这次你打了就不是我朋友……"

菲菲看她态度坚决，一时搞不清楚这话究竟有几分真几分假，便试探着说："成，给他几天时间反省……"

林容带着哭腔打断她："菲菲，这一次，是真的，我俩不可能了，长痛不如短痛，算了，真的是算了……"

菲菲对林容的话半信半疑，感情的事反反复复都在情理之中，所以一时有点拿不准主意。

她坐下来安慰她道："你有啥不痛快就尽情地哭，哭累了，咱们叫上杨杨去吃火锅，好好吃一顿，化悲痛为食量！"

大概是见有人见证她的失恋，林容越哭越伤心。

菲菲想，就在一个月前，那个哭的人还是她，现在就变成林容了，生活的戏码似乎一直都在循环上演，人间似乎就是这么点事。究竟什么时候一个人才能彻底地不受爱情的苦呢？

想到这里，她觉得林容是对的，步入婚姻还是非常重要的，因为安定下来的不仅是整个生活，还有一个人的整个情感世界。情感世界一旦不再飘摇动荡，生活才能走上康庄大道。

想到这里，她突然想起杨杨给她介绍的那个被称为"标准潜力股"的男生来了。

"嗯，还是应该见见的。"她这样对自己说。

不一会儿，三个人已经坐在海底捞里大快朵颐了。

慌忙赶来的郑杨杨一边捞着锅里的涮羊肉一边指指点点地说："林容，这一次你做对了！就应该这样。你就当小李子是你人生中的一道坎吧，你必须得跨越，跨越了，你的人生就升级了！这一点，你比苏菲菲强！你知道自己要什么，敢于做决定，而不是被决定！"

苏菲菲冷不防又中枪，不满地说："是是是，郑杨杨，在你眼里，这世界上的人都比我苏菲菲强，都比我接地气！我就是一个彻头彻尾的失败者，行了吗？"

郑杨杨白她一眼："新工作怎么样？还没有听你说起呢？"

菲菲懒洋洋地说："就那样吧，一份工作而已。"

郑杨杨故意学她的语气损她："你又开始漫不经心了，是不是又想说，我和别人不同，我工作不是为了金钱，是为了寻找人生的真谛。"

菲菲曾数次被郑杨杨用这句话揶揄，便气急败坏地辩驳：“那不是我说的，明明就不是。”

郑杨杨放她一马：“好好好，不是你说的。但是苏菲菲，你现在得搞清楚状况，你有的也就是一份工作而已，你要全力以赴，干出个名堂，OK？”

说到这里，苏菲菲突然想起今天工作上的那个因为“点”引发的“邮件战役”，禁不住添油加醋地前后说了一通，把乔正形容成一个浑身散发着臊气又专门喜欢寻衅挑事的花花公子，末了还感慨地说：“感觉香水公司这种地方就应该盛产这种闻香识女人的花拳绣腿公子哥。”

郑杨杨的好奇心来了，马上问：“有没有照片，我看看有多帅，有图才能有真相。”

苏菲菲想了想，对，世界上还有一种东西叫微信，于是翻出乔正的微信来。

一说看帅哥，另外两个女流之辈立刻把头点成了小鸡啄米状，齐齐凑上来。

郑杨杨说话一向又狠又准，瞧了几眼后毫不客气地点评道：“确实还算帅，帅到这个份上，又永远号称单身，那不是花花公子，就一定是 Gay。”

林容眨巴着刚哭红了的眼睛，心有所感地补充道：“还有一种可能，情感受到伤害，不再相信爱情了。”

郑杨杨纠正她道：“那只是成为花花公子的原因，归根结底还是一个花花公子。”

郑杨杨继续分析：“看穿衣着装，神态气质，倒也不是那种肤浅的富二代，但也不是那种出身于知识分子家庭的人，但应该是个高富帅了。再看眉毛和下巴，脾气应该挺大，苏菲菲，你记住以后不要轻易得罪他……”

苏菲菲在旁边张大了嘴巴：“郑杨杨，你什么时候开始改行算命了？”

郑杨杨不理她的奉承，继续道：“还有，这个人应该挺会施展个人魅力，情商极高，你看这条微信，明明在秀颜值，却成了炫风景。苏菲菲，和这种人一起在职场共事，首先，你最好和他站在一条战线上，而不是对立面上，否则以你那点心智水平，你连怎么死的都不知道。还有，切记，不要爱上他，因为结局一定会是：为什么受伤的总是我……”

菲菲的嘴角已经不由自主地扯在一边了，鄙夷地说：“你以为我肤浅到什么地步，会喜欢上这种花花公子？你对我竟然无知到这种地步，怎么好意思成天教育我？”

林容今晚心情欠佳，话比较少，这时候也开口说：“我也觉得苏菲菲不会喜欢上这种类型，苏菲菲喜欢的类型亘古未变，一直都是张腾那种知性儒雅蓬勃向上型的……”

郑杨杨斩钉截铁地打断她：“此一时彼一时！苏菲菲刚刚迈入30岁的门槛，30岁，女人的性情和认知是会巨变的，你要是不相信我，时间会证明我的话……”

林容点点头：“也是，此一时彼一时，就比如姐以后绝对不会找像小李子那样的男朋友了！绝对！”

郑杨杨又一针见血地纠正她：“你还找什么男朋友，你以后要找的是老公，好不好？”

林容吐吐舌头：“对，姐这回目标明确，你们听着，姐发个誓，要在四个月内把自己嫁掉，如果嫁不掉，姐自罚请一年的海底捞！”

苏菲菲和郑杨杨同时张大了嘴巴。

郑杨杨鼓励她说："就应该这样，目标明确，步伐坚定，才能成功，姐支持你！"

苏菲菲吃了太多涮羊肉，这时候也充满正能量地说："虽然我很爱火锅，但还是希望你早日嫁掉，打开人生的新格局！"

林容也自我打气地说："人生豪迈，大不了从头再来！"

世界上最好的治愈力量之一，一定是美食美酒，只要受其抚慰，便觉得人生还是希望无限。

三杯啤酒碰到一起，晶莹的黄色液体带着泡沫立刻流入三个人的胃，恰到好处地发挥了安慰的疗效。

这又是一个混杂着开始与结尾、告别与重启、伤心与希望的夜晚。

微醺中，苏菲菲记得林容说了一句非常有哲理的话："一直努力却得不到的东西，即使最终来了，也会因为太晚了而变得没有意思。"

她又忆起不久前的那个夜晚，她失恋之后，她们陪她一起在世贸天阶的黑人爵士酒吧喝红酒。那一晚，昏暗的灯光里，两个身着雪白西装的黑人歌手一边扭动腰肢一边把一首情歌唱得感人肺腑，"you know I love you, I know you know I love you……"

她就着眼泪喝了一杯一杯的酒，悲伤得不知如何是好，对人生，对命运产生了前所未有的怀疑和恨意。在醉得不省人事前，她依稀记得大家还有过一个约定，如果35岁以后大家还单身，那就努力赚钱，然后去云南的洱海边上买下一个如花一样的大院子，退休以后，大家搬到一起，快快乐乐地安度晚年！

那时那刻她也曾想，也许，幸福之路原本就成千上万，那样也是浪漫而幸福的结局呢。

天敌，就是天天都是敌人

这一天，也不知道是什么原因，菲菲被拉到一个跨部门的饭局上。

参加这个饭局的人有品牌部的、公关部的和策略部的。十几个人浩浩荡荡，美女帅哥扎堆在一起形成一道亮丽的风景线，好不热闹，众人在包间里坐定。

菲菲的旁边坐着公关部的一名出色的美女。公关部是公司的门面，形象气质也是最基本要求，该名美女不仅人美，名字也美得不得了，叫宁馨儿。

她和菲菲几乎同时来到公司，也算是新人。大概因为都是新人，又出于公关职业的基本素养，她对菲菲格外亲切，问长问短，不一会儿就显得很熟络了。

年轻人聚在一起，话题自然很多，这个时候，大家正在打趣乔正和左维楠。

左维楠也是 AQ 公司一著名帅哥，身高一米八，浓眉大眼，气质有些文质彬彬，性格又相当活泼，为人处世老练持重，是策略部的员工，据说深受老板重用，众人自然也就高看他一眼。

郭超明是个人来疯，一路笑话讲下去，把众人逗得东倒西歪。这时，他又瞄准乔正和左维楠说道："你们俩今天的装扮好情侣，是不是下班后要手拉手去约会？"

左维楠这样接他的话："本来我们两个要单约的，暗号都发出去了，但你们都不识趣，只能和你们凑桌了，这也是没办法的办法。"

大家笑，有人又说："公开秀恩爱，简直了，今天我得多吃点狗粮了。"

还有人说："我真心绝望了，果然男人的真爱都是男人，我得回家反思一下，我的人生伴侣也许是女人。"

大家乱笑了一通。

众人一边吃一边闲聊，话题从每天几点起床，到真人秀节目《中国好声音》。

左维楠坐在菲菲对面，闲闲地问："菲菲，刚来公司还习惯吗？听你老板说你不仅才华横溢，还是你们 team 的加班女王呀。"

菲菲回应道："才华横溢倒是谈不上，刚来很多事不熟悉，事情做不完只能死磕，不加班赶不上大家前进的步伐呀。"

左维楠又说："你们最近是不是上了什么大项目？"

菲菲简单解释了一下自己目前正在做的项目，末了补充一句："都是小案子，怪我刚来，总是抓不到点。"

坐在一边的乔正被这个"点"无意触动了，不知道出于什么心态，阴阳怪气地说："是，在人家大才女眼里，哪有什么大案子，都 too easy,too simple 了。别人能想到的，人家一早想到了，我们合作起来也容易，因为一遍就可以过，用不着提供参考意见啊。公司就应该多请一些这样的优秀员工，一个人就是一支队伍！”

菲菲冷不防被讽刺一顿，嘴里的饭菜顿时不是味道了。咽下一口饭，反击的话已经脱口而出：“乔经理，你太谦虚了，你的意见对我来说简直就是人生课程，你不见你一个小意见我就觉得我的方案必须从头再来吗？否则哪里能有‘加班女王’这个称号，那是拜你所赐。我得谢谢你呢，激发了我的工作潜能和生存斗志。”

乔正向来被人捧惯了，几乎忘记被人抢白是什么感觉，咽下一口气，又说：“菲菲呀，因为那个案子，加班的可不是只有你一个人呢，我昨天加班至九点呢。”

菲菲马上说：“我昨天加班至十点呢。”

乔正也绝不相让：“我前天加班至十一点呢。”

菲菲继续：“我大前天加班至晚上十二点呢。”

乔正也继续：“我今天估计得在家干到凌晨。”

菲菲不准备妥协：“我今天做到凌晨几点也不知道呢。”

这两人越说越来劲，感觉像两个小学生在吵架一样，旁人一时摸不着头脑，不知顷刻间发生了什么。

还是左维楠老练，这个时候插一嘴：“你们部门都是加班达人呀，你俩不用争，你们大老板罗瑞又不在，他又不能因为你们加班多就把今大的单买了。”

有人应景地笑，话题终于打住了。

一个多小时后，饭局结束。

这顿饭吃得多少有些奇葩，因为菲菲似乎有了一个新朋友——宁馨儿，也有了一个敌人——乔正。

不过这还只是开头，好戏还在后面。一群人走在回办公室的路上，有人提议去买咖啡。公关部和策略部的人因为下午有会议要准备，于是分道扬镳，回办公室了。剩下品牌部的几个人一起去买咖啡。

乔正走在苏菲菲左边，两个人中间隔着差不多一人的距离。乔正突然转身对菲菲说：“呀，苏菲菲，作为一个新人，好像你还没有请过客呢？今天你请大家喝咖啡怎么样？”

菲菲见乔正又故意来挑衅她，狠狠地回应：“作为一个新人，我还没有喝过乔经理你请的咖啡，我一直都很期待，择日不如撞日，就今日吧？”

乔正哪是个轻易让人的主儿，回应道：“你看，菲菲，要有个先来后到，我以后肯定请，但今天我先提出的，还是得你先请！”

乔正这种“霸道总裁式”的性格换作别人还好，但他遇上的是从来都一根筋的菲菲。

菲菲想都没有想就回过去：“你看乔经理，你是经理，我级别比你低一级，你不请，我哪里敢抢你风头。”

乔正心想，这姑娘倒是斗嘴的好手，看来是玩得开啊，于是不客气地说：“动不动让男人请客，你不会以为自己貌若天仙吧？”

这句话一出口，菲菲立刻气炸了，脸色大变，这简直就是赤裸裸的人身攻击啊！她脸色铁青地说：“你什么时候见我动不动让男人请客了？还有，你问问你自己，你是个男人吗？”

乔正一听这句有损男人尊严的话，也气得七窍生烟，马上回击道：“你照照镜子，自己是美貌绝伦吗？是让男人一看就想请客的人吗？”

两人越说越气，走得越来越近，菲菲不由得伸手推了一下乔正的胳膊，乔正立刻跳了起来，睁大眼睛说：“你竟然打我？你竟然打我？从小到大，还没有人打过我呢！你你你你……”

菲菲气得眼泪都掉下来了，说：“你什么你，你什么你，我不是你，我是苏菲菲……”

乔正恶狠狠地说：“苏菲菲就是个丑八怪！丑八怪！”

菲菲毫不相让：“丑八怪长什么样你见过吗？”

……

众人这个时候都看呆了，不知道这两人究竟是搞什么，上前劝不是，看热闹又不是。

这个时候，白玲从咖啡店里走出来，对着众人说：“今天我请客啊，我给大家都买了咖啡。”她一边说一边走过来，首先递了一杯给乔正，说：“别生气了，犯不着，来来来，喝咖啡，这个是你最喜欢的抹茶拿铁。”

乔正接过来，狠狠灌下一口，与此同时，朝菲菲翻了个白眼儿。

紧接着，白玲给每个人都递了一杯咖啡，唯独没有给菲菲。

话说这个白玲，她是菲菲进入公司以后，第一个对菲菲表示了无端恶意的人。

记得那是菲菲入职后的第五天，她和白玲及米亚一起去吃饭，白玲坐菲菲对面。吃饭间，不期然地，白玲突然用一种羡慕的眼神对着苏菲菲说：“菲菲，你的眉毛长得好好呀，是做过的吗？你的眼睛真好看，是戴了美瞳吗？”

菲菲本能地回答：“没有，我从来没有做过也没有戴过美瞳。”女人的第六感告诉她，当一个女人开始羡慕另一个女人，尤其是这两个人没有身份地位上的明显差距时，那绝对不是什么好事。

果不其然，这个小小的角色在日后给她的职业生涯制造了各种出其不意的小麻烦。

此时此刻，菲菲不曾记得她得罪过白玲一丝一毫，想不到她会乘人之危，让她下不了台，菲菲顿时委屈得不得了，眼泪扑簌簌地掉了下来。

她转身就走，一边走一边想：乔正，我苏菲菲发誓，从今以后，和你势不两立！

这边厢，乔正拿了一杯咖啡和众人告别，他要去花坛那边抽根烟消消气。简直莫名其妙！他一边抽烟一边想，说我不是男人？竟然说哥不是男人？好吧，苏菲菲，哥一定让你知道，哥是不是男人！

想到这里，他两根手指一夹，掐灭了正烧得红红火火的烟头，接着狠狠喝下一大口咖啡，仿佛在试图浇灭心头的这把火。

晚上回到家里，菲菲正坐在沙发上恶狠狠地盯着电脑发呆，林容香喷喷地回来了。穿着小礼服，头发被打理得一丝不乱，看起来心情不错。

看到苏菲菲的臭脸，她有些疑惑，问道："你这是和谁吵架了吗？"

菲菲看到她，心事重重地点点头。

林容禁不住笑了，说："你看你，是不是这斗争的本性一不小心就被激发了，是谁？"

菲菲黑着脸说："还能有谁？那个死花花公子！简直没有人性！"

林容想了一下，终于想起"花花公子"这个人，好奇地说："郑杨杨还担心你爱上他呢，结果你俩反倒成冤家了？"

菲菲气呼呼地把今天中午发生的事情简述了一遍，末了又抱怨："我怎么这么倒霉，碰上这种讨厌的花花公子！"

不想林容大笑不止。

菲菲不解地朝她吼："林容，你这是什么态度，我快被气死了，你反倒乐上了！"

林容一边笑一边说："你们都多大了？都三十往上数了吧，怎么会这么幼稚呢？好像两个小学生吵架一样，你俩这种行为应该重新回到幼稚园接受再教育好不好？"

菲菲被林容这么一说，想了想，不禁也觉得有几分好笑，停几秒钟，又觉得有点不好意思，心想，这要是传开了，多丢人呀。

越想越难为情，她顺手拿起桌上的镜子，左照照右看看，一会儿皱眉一会儿挤眼，最后叹一口气，非常沮丧地说："姐真的是那种男人看了不会想要请客的女人吗？林容，那你说是不是像郑杨杨那种女人才是男人看了就想请客的呢？"

林容扑哧一声笑了，说道："像郑杨杨那种女人，是绝对不在乎男人请不请她一杯咖啡的，在乎的是男人有没有买鱼翅和香奈儿最新款包包给她！"

菲菲嘟起嘴来，埋怨道："怎么女人和女人会差距这么大呢？"

林容不客气地说："这就是现实，你还真没有办法不接受，像姐，每天被请一碗卤肉饭也觉得还不错，心情好得很。"

菲菲看林容正在卸妆，想起她最近每天都晚归。于是问："你这几天每天都打扮成这样，还晚归，难道改行去做舞女了？"

林容瞅了她一眼："对，做舞女，现在是头牌！"

两个人都笑了。

林容就是林容，行动力一流。事实上，最近每天见到林容最多的恐怕是她公司楼下台湾美食小店的女老板。

服务业从业人员本来就善于察言观色，该名四十岁上下的女老板这几日留意到，这个在著名的媒体公司工作的美女白领每天下午七点钟准时在窗户边的座位上坐定，并且要一碗千年不变的卤肉饭，而她的对面像是流水席一样每天都坐着一位不同的男士，看起来并非像熟人，他们的聊天或长或短，长的时候会是一个小时，短的时候就取决于吃饭的速度，最后由这名男士买单，两人一同走出去。

女老板有点好奇，真是铁打的姑娘流水的汉子呀，深入地琢磨了一下，立刻就明白了，原来这是个勤奋地相亲的姑娘。女老板顿时也觉得挺开心，她这方圆几十平方米的小店面，如果能成就一对好姻缘，那风水上也是增色不少的。

言归正传，这个时候，林容这样回答菲菲："我要目标明确，步伐坚定，我现在每天相亲，每天一个，数量上去了，质变迟早会发生！"

菲菲突然想起下午的时候，她无意间在微信上看到一个写得非常搞笑的征婚启事，当时还想，怎么会看着像林容呢？这个时候想起来，可能是真的，顿时张大了嘴巴。

她问："你是不是用微信征婚，还让大 v 给你推广来着？"

林容利落地回应她："是的，没错！我亲自付费给微博和微信的大v进行推广，他们因为长期和我有工作上的合作，还给我打了个五折。"

菲菲已经很难用吃惊两个字来表达自己的情绪了，赞叹地说："真心是勇猛呀，林容，这一点，你和郑杨杨倒是有得拼！"

林容说："我不觉得这有什么，人生的机会都是自己争取来的，人生大事都不投资，其他都是细枝末节。我这叫广撒网，精钓鱼！"

苏菲菲又问："那结果怎样？"

林容回答道："简历像雪片一样飞来，筛选出一个人来真心是一个体力活，不过没关系，还是能筛出一两个成色不错的来。"

菲菲笑着一边举手一边呐喊："加油，加油，再加油！成功，成功，必成功！"

相亲相爱不如相恨相杀

这一天，人力资源部的人来找苏菲菲，力劝苏菲菲作为新人，参加公司年会上的华尔兹舞蹈节目。菲菲左说右说推不过，只得硬着头皮答应下来。

再过两日，排练开始。到了场地后，她和她的舞伴顿时都震住了，睁大了眼睛异口同声道："你，怎么会是你？我要换舞伴！"

不是冤家不聚头，菲菲的舞伴正是乔正！

两个人立刻找舞蹈老师说情，要求调换舞伴。

舞蹈老师是外聘的一家供应商派来的，根本不理他们这茬，冷冷地飘过来一个杀死人的眼神，喊一句："别闹了！赶紧准备！"两人便乖乖就范。

菲菲气鼓鼓地想：这舞该怎么跳下去呢？敌人扮情人，气氛首先就不对，最好他受伤，然后换人。想到这里，她便狠狠地踩了乔正一脚。

乔正疼得龇牙咧嘴，为了报复菲菲，在弯腰动作时他顺手把菲菲扔在地上，疼得菲菲抱着屁股躺在地上哇哇直叫。两个人看对方的目光都像是要把对方吃了一样。

这舞每天跳得又惊又险，像是打架一样。

这几日，宁馨儿经常来找苏菲菲一起吃午饭，两人倒也投缘，关系越来越近，俨然是一对办公室好闺蜜。

事实上，宁馨儿也不容易，她在她们部门很难找到朋友。公关部的人本来气场就比其他部门人强大数倍，而她的女老板凯瑟是个“女魔头”这事整个办公室都知道。她不仅为人凶狠，而且正值更年期，只要稍稍有什么不顺心，她的下属们就遭殃了。她们部门的人日日像是伺候女皇一样伺候她，还是一不小心就会踩地雷，搞得人人神经紧张。因此，她们部门的离职率非常高。

而宁馨儿的直接老板米拉达是唯一一个赢得过凯瑟信任的人，米拉达也是个狠角色。首先，米拉达放得下身段伺候这名凶神恶煞的女老板，她说渴了她就去倒水，她说饿了，她就去订餐厅。据坊间传说，因为凯瑟想要运动但又犯懒，米拉达便每周日起大早开车去接老板游泳，这还是其一。米拉达的过人之处还在于她首先搞定了凯瑟的老板，这让她具备了一种稀缺的利用价值，因为很多时候，在凯瑟对她老板的心思捉摸不定的时候，她就打发米拉达去一探究竟，而米拉达也在这方面显示了出色的情商，总能给出让凯瑟感觉还算满意的答案。一来二去，主仆二人相处甚是融洽，而这凯瑟也有点离不开米拉达的意思。

除此之外，米拉达这个人也确实是个存在感极强的人，充满了浓重的个人风格。无论是面对谁，她都会在对话中不经意地秀出几个发音完美的英文词，以显示自己的海外背景和英文水准。另一方面，她标志性的动作就是，不论走到哪里，永远手拿一杯喝不完的星巴克咖啡，与其说那是一杯咖啡，不如说那是她的道具。在和米拉达做了半年的上下级后，宁馨儿仍然心存疑问：米拉达手里的咖啡究竟有没有被喝过一口。

但这种意在表示自己是“精英”的标签化努力也深得凯瑟的喜欢，因为凯瑟自己的脸上就写着几个字：我是精英！可见这主仆二人也确实有着相同的浮夸价值观，自然是做事风格如出一辙了，宁馨儿的日子有多苦她不说别人也能看出来。

从菲菲的角度望过去，公关部的这一主一仆也确实让人印象深刻。菲菲曾经在电梯里偶遇过这对主仆，偶然间捕捉到几个让人无法忽略的句子：“我就喜欢基因好的孩子……”“简直太 low 了，完全没有中产的形象……”“那个包也不贵，就 3 万多点……”那时那刻，菲菲觉得相当开眼界。

还真是怪宁馨儿运气不佳，菲菲不由得想。

对宁馨儿来说，这种局势意味着她如果想成功进入这对奇异的主仆二人世界，就得舍得一身剐，把脸面这种事情忘得一干二净，放低身段把这主仆二人都伺候得服服帖帖，做她们忠贞不二的狗腿子。如若不然，那就得接受二人所有的莫名的脾气和无端的挑剔，做一个名正言顺的十足受气包。

在狗腿子和受气包之间，天生有些不食人间烟火气质的宁馨儿不幸沦为了第二种角色。

说大点，这也是命运的力量，像宁馨儿这种天生美女，从小习惯了被众人娇宠，说话做事自带一种梦幻气息，连伺候人都是费了九牛二虎之力勉强学了点皮毛，更别说做一个忠贞且任人宰割的狗腿子，这和她的人生经验严重背道而驰。然而，一旦她的直接上司和大老板不待见她，她还怎么可能在同部门找到朋友呢？

这个世界最势利的地方就是格子间，因为地方就那么大，人人削尖了脑袋想往上爬，即使不往上爬，至少得求个容身安全，得罪了上司那就是自毁前程，游戏规则如此。为了饭碗，由不得人不遵守。

这几日，菲菲在饭桌上一直倾心听她抱怨，并且不时地献上感同身受的安慰。她确实理解她，从旁观者的角度来看，菲菲倒觉得这对她的成长也许是件好事。

宁馨儿这种人靠着出生时带来的一张好牌，二十几年来，仿佛一直生活在无菌隔离带里，可温室的花活不长呀，不经历风雨，怎么能长大。早一点拥有不同的人生体验，无论是好的还是坏的，都会提升一个人的人生见识，扩大一个人的认知维度。

也因此，宁馨儿来找菲菲，大多数时候是需要一个忠实的听众，而菲菲乐于听到不同的故事，也就做了一名忠实的听众，二人倒是相处甚好。

年会马上来临，菲菲的舞蹈也总算排练得差不多了。她和乔正每天抱在一起跳舞，却连正眼都不看对方一眼，编舞老师只要一宣布训练结束，两人便迫不及待地推开对方背道而去，活脱脱一对冤家。

渐渐地，编舞老师也看出这两人的对抗情绪，排练时格外对这对俊男美女留了点心，每天都要特意过来叮嘱两句："要配合，要配合，要表现出感情，深厚的感情啊。"

这一日是最后的彩排时间，马上要轮到他们华尔兹舞蹈一组上台，可菲菲临时要发一个邮件，因为会场的信号不好，她只得跑出去发邮件。发完后她急匆匆地赶过来，气喘吁吁地入队站在乔正旁边。乔正却神色慌张地催促她：“苏菲菲，赶紧上场，都在等你呢，快，轮到我们了！”

菲菲本来就紧张，被他一说拔腿就往楼梯上走，看着乔正也跟在她后面，并没有起任何疑心，因为她本来就是第一个登场。等走到舞台中央才发现，众人都没有跟上来，熟悉的音乐也没有响起来，正纳闷间，灯光全亮了，一眼看到总导演叉着腰拿着大喇叭气急败坏地对着她喊：“舞台上那个女的，你是谁？赶紧下来！看不见忙成这样了，还添什么乱！这里是玩的地方吗？”

菲菲一个劲地摆手解释，这个时候她才恍然大悟，都是乔正在搞鬼。她尴尬得眼泪都快掉下来了，三步并作两步跑到后台，看到乔正正在一边笑得直不起腰，顿时气得七窍生烟，走上去用洪荒之力在乔正胳膊上狠狠地拧了一把，疼得乔正立刻哇哇直叫，扬声骂道：“苏菲菲，你是狗吗？动不动就咬人。”

菲菲气呼呼地朝他喊：“我就是狗，专门咬害人的浑蛋！”

待到正式表演的时候，两个人已经彼此恨之入骨了，其他人都跳得柔情蜜意，他俩跳得是千仇万恨，杀气腾腾，目露凶光，这一刻被摄影师准确地捕捉并定格了下来。

日后，每当菲菲不经意地翻出这张奇特的照片时，总觉得它最完美地诠释了他俩彼时的关系。

学会做事不如学会看人

郑杨杨最近走了红运，升了高职加了高薪。

郑杨杨一向很有眼光。她本来在一家大公司做一个小小的部门主管，但她的老板要自立门户，问她愿不愿意跟着自己走。因她老板脾气怪异，平时人缘不好，手下几个主管都支支吾吾，各种理由推脱。只有郑杨杨讲义气，想都没有想就说："老板，我是你带出来的，你去哪里我就去哪里。"日后证明，这个选择比她之前所有的努力都重要。

菲菲曾经也问过郑杨杨："你不是成天说她神经脆弱、歇斯底里吗？为什么不趁此机会彻底摆脱她？"

郑杨杨意味深长地说："那得看你想要什么，我老板是有很多缺点，比如，脾气大、势利眼、强势且缺乏同情心，但一个人的缺点越突出，她的优点也越突出，比如，她能力强、做事果断且有判断。而且给下属成长和发展的空间，这一点很多人都比不了。如果选择做朋友，我不会选她，但如果选老板，她是最好的人选。说到底，就看你要什么，学会看人比学会做事更重要。"

菲菲当下受教很多，真心佩服闺蜜在职业上的成熟度。

雷军说：“站在风口上，猪都会飞起来。”何况是一个野心勃勃的美女老板。

独立门户后，趁着互联网的大潮，经历了短短的两年时间，郑杨杨的老板就把一家数字营销公司做起来了，规模越来越大，生意忙到接不过来，眨眼间已经发展到二百余人的中型企业。

她老板也是个讲义气的人，记得郑杨杨的忠诚和功劳，所以郑杨杨在公司一人之下，百人之上，短短两年间，薪水已经翻了数倍。

为了配得上自己的身价，郑杨杨最近买了车。整个人神采奕奕，一有空就开着她的红色小轿车来菲菲和林容的单身公寓串门，有种荣归故里的感觉。红色小轿车配着郑杨杨的大墨镜和十寸高跟鞋，怎么看都是个时髦的白富美。

这天周五，郑杨杨早早地扬言要过来和她们过周末，并且准备夜不归宿。晚上九点多，郑杨杨拎着一大包大排档和几罐啤酒如约而至。三个人立刻在客厅铺开地毯，坐下来胡吃海塞，花天酒地，不亦乐乎。

乐不思蜀的郑杨杨大发感慨：“你看，没有男人我们一样可以很快乐！”

“男人虽然能带来快乐，但带来的痛苦更多！”林容若有所思地说。

“干脆我们三个过吧！”菲菲的小性子又来了，嘴角翘起来，笑得没心没肺。

她高高地举起酒杯，其他两个人立刻碰上来，明黄色的液体流入了三个人的喉咙，幻化为高涨和舒畅的情绪，好不痛快。

今天的话题聚焦在了郑杨杨的职业生涯走向上。原来，最近有猎头来找郑杨杨，猎头的客户是一家互联网金融理财公司，职位是品牌部总监，最重要的是薪水翻一番。

听到这里，林容和苏菲菲立刻扔下正在啃的鸡爪子，齐齐表示惊讶："什么？"

郑杨杨得意地说："薪水翻一番，翻一番啦。"

要知道，郑杨杨目前的薪水已经是市面上一个高管的薪水了，翻一番是什么概念，想一想就觉得激动人心。

林容说："去啊，郑杨杨，你值得拥有。"

苏菲菲的反应截然相反："杨杨，你得看好了，怎么感觉有点好得不真实了呢？"苏菲菲的想象力完全暴露了她的眼界和追求。

郑杨杨慢条斯理地说："嗯，我得好好考虑。"

林容激动地说："郑杨杨，你的理想不是四十岁实现财务自由吗？如果去了就可以提早五年了，时间就是金钱啊，就是一切啊，郑杨杨，你真是我的偶像！"

郑杨杨若有所思，显得有些犹豫不决地说："如果真要走，觉得还是有些对不住我老板，毕竟她非常信任我，不是跟着她，我也不是今天的我。"

菲菲保守地说："确实是，信任这种东西真是太难得了，谁知道你的新老板是什么样的呢。"

林容也说："那倒是，你老板又这么依赖你，只是，离职也属于正常现象，每个人都向往更好的生活，相信她也会理解你的。"

郑杨杨若有所思地说："我得仔细衡量衡量，能开出这么高的工资，估计这活儿也不好干。”

谈话告一段落，三个人又举起啤酒干杯。

大概是酒喝得有点多，郑杨杨感慨不断：“你说我们三个，是不是应该去算个命什么的，为什么一个都嫁不出去。”

菲菲也失意地说：“小一点的时候，怎么都没有想到，婚姻会成为一个问题。”

林容也微微有些醉意：“尤其是你呀，苏菲菲，怎么说也是个不错的美女，大学那会儿，大家都觉得你会是那种一毕业就嫁入豪门相夫教子的人呢。”

菲菲有些伤感，眼睛也有些红了：“我一直天真地以为生活会对我网开一面，没有想到，没有人可以幸运到底。如果生活非要把姐逼成一个女强人，姐也没有办法。”

郑杨杨又开始教育她：“苏菲菲，你之前的人生路太顺了，也不是什么好事儿，现在坎坷点也没有什么不好，至少可以成长得快点。”

菲菲想起了这一年多来，失恋、失业、择业的种种，不觉眼泪已经溢出眼角。“也许，上帝给每个人的运气都是一定的，前三十年的好运气都用完了，现在只能凭实力活着了。”微醺中，她话变得多起来，她问出一个隐藏在心底的问题，“我经常也想，如果当初答应嫁给张腾，现在会是什么样子的呢？”

即使醉了，郑杨杨也仍然不忘打击她：“后悔了吧，是不是？我真不知道你茫茫然地守着这个城做什么。等谁呢？守着我和林容倒是没错。”

“等谁？等我的爱情降临，等我的梦想开花，可是这两样东西都欺骗了我，我对生活简直失望透顶。” 酒精让人变得脆弱而任性，菲菲很想大哭一场，最好能哭倒北京城。

“成年人的世界哪里有什么梦想成真，是你把生活想得太好了。”

“郑杨杨你一个人生赢家，也说这种丧气话。”林容不服气地说。

“哪里有什么狗屁的人生赢家，你们不知道，我有多怕。我怕年华溜走，一事无成，我怕平庸，怕变成一个面目模糊的中年人，更怕嫁给一个我不那么爱的人，辜负了人生。” 郑杨杨的感情一泻千里，有些收不住了，继续叨叨，“我不想在尘埃落定之前，说一句‘事与愿违’是人生常态，我不想要常态，我要奇迹，我郑杨杨就是那个创造奇迹的人，可是，我真是怕啊，怕奇迹欺骗了我，所以我只能拼命地奔跑……”

“原来，你也会怕啊，哈哈……” 林容玩世不恭地笑，末了说，“好像生活真的欺骗了我们。”

三个人都有些醉了，互相背靠背地坐在地中央。

醉眼蒙眬，三个单身女青年都开始自说自话了。

郑杨杨说：“感情这回事，真是不讲道理，爱我的人我不爱，我爱的人不爱我，像一个咒语一样，怎么逃都逃不过。”

林容说：“我家小李子现在在做什么呢？肯定是工作吧，他已经娶了工作了，他和工作之间容不下第三个人了，容不下第三个人喽。而我就是他和工作之间的那个第三者……”

苏菲菲抱着膝盖，眯着眼睛若有所思：“你们说，有没有可能，一个人从出生到死亡，只做想做的事，只爱想爱的人，只看想看的风景，只走想走的路？”

“有，那需要高超的投胎技术。”林容回应她。

“要是那样多没有意思，人生要五味杂陈才有味道，酸甜苦辣咸全尝遍，只是甜有什么意思！”郑杨杨不屑地说。

“这么说，人生本来就是苦涩的了，因为五味里只有一个甜。原来，每个成年人都活得十分可怜。” 菲菲忍不住失望地叹气。

这一晚就这样胡乱地过去了。

不知不觉，苏菲菲来到香水公司已经五个月了。

她的第一个案子已经顺利上线。老供应商一看大老板罗瑞对菲菲重视有加，也不免在她的案子上使出大力气，因此片子的质量也非常不错。仅仅半个月后，就创下了史无前例的传播率。

但在写传播总结报告的时候，她发现自己犯了一个错。这个案子本来是她自己从头做起的，但是在最后的传播阶段，艾米自她手上接过了案子，所以这个项目很难说是她自己独立完成的。因而，在项目负责人这一项上，她不情愿地把艾米的名字写在了上面。

她最近的心态有些失衡。她的闺蜜们都在事业的发展上呈节节上升的趋势，而她越来越迷惘，恍惚中前方好似黑漆漆一片，看不到一点星星之火。

首先，在工作的过程中，她零散地参与了几个项目，发现她工作的层面比以前要低出很多，也就是说她能做的决定、发挥的主观性小之又小。

她之前没有在有着这么复杂层级的公司工作过，实在是高看了助理经理这个职位。其次，她发现，无论是思维方式还是说话做事方式，她的平级同事们都表现出了一个较为基层的员工所具备的素养，而与一个管理职位存在一段不小的差距。

她似乎渐渐明白了一件事情，为什么人力资源部的同事仅仅给出了那样一个年薪的数字，还特意强调，那是这个级别允许的范围内所能提供的最大预算。而且，为什么她的大老板罗瑞一直器重她，因为她以一个有过丰富管理经验的职业为资本应聘了一个相对基层的岗位。意识到这个事情后，她的心态就失衡了。

自从过了 30 岁的生日，苏菲菲对自己的职业生涯比以往任何时候都在意，因为她突然发现，工作是这个世界上少数的最不会辜负人的东西之一。也因此，她完全不能安慰自己了。

况且，她属于那种做事独立性比较强，而不是执行力比较强的员工。处于一个基层位置，也就意味着她完全丧失了独当一面的可能性，这对她来说无异于戴上了脚链却要跳舞。

如何改变这种不满？菲菲迷惘了。辞职找新工作？她很喜欢公司的工作环境，也很喜欢香水公司永远散发出的淡淡香味，而且，她不想做一个逃兵。

如果继续下去呢？她明白以她这种受不得委屈的心性绝对不可能长期在这个位置做下去。况且猎头们三天两头地给她打电话。那么还有最后一种可能：是否会有升职机会？她毕竟对公司了解甚少，也不能做出准确的判断。

她决定等一等。

重要的是能独当一面

迷惘着迷惘着，苏菲菲终于等来了事情的转机。

在一个空气清新的秋天早上，她去楼下的咖啡店买咖啡，偶遇了大老板罗瑞。其时，大老板罗瑞正伏在咖啡店门口的小桌子上用电脑办公。罗瑞昨晚加班至深夜两点钟，早上只喝了杯咖啡就又开始办公。

这个时候，他正疲倦地伸了个懒腰，揉揉泛着红血丝的双眼，长长呼出一口气。抬头间，看见菲菲端着一杯咖啡走出来，于是喊了她一声："嗨，苏菲菲，morning!"

菲菲最近心情比较沉重，显得有些思虑重重，恍惚间，听到有人在叫她，转身看到是大老板罗瑞，立刻打起精神展开笑容迎上去问好。

罗瑞示意她在他对面坐下，然后用他那标志性的和蔼语气亲切地说："菲菲，看你脸色不大好，最近是不是很忙？"

菲菲被他那和蔼亲切的语声感染了，瞬间有种敞开心扉的冲动，顿了顿，忍了忍，又觉得无须再忍，于是开门见山：“我想问个问题。”

罗瑞顿时笑了，他无意中听人提起过，说苏菲菲特别爱问问题，脑门上似乎写着“十万个为什么”，果不其然。

他说：“你尽管问。”

菲菲脱口而出：“我想知道我的职业上升路径是什么。”

罗瑞没有想到菲菲问的是这么大的宏观走向问题，而且看她的表情，似乎还挺困扰。于是立刻意识到这份工作肯定不能合她心意了。

罗瑞是个非常宽容且情商极高的老板，他待下属有一种如同亲人一样的亲和力，不仅没有任何老板的姿态，而且知人善任，所以他的下属都比较服他。大抵也是因为这种亲和力，菲菲才敢这么直抒胸臆。

罗瑞索性也开门见山地问她：“菲菲，是你的工作哪里让你感到不满了吗？”

菲菲豁出去了，直接说：“我觉得我工作的层面太低了，我已经很久不在目前这个层面上工作了。”

这句话说得再明白不过，言下之意就是我觉得我的职位太低了。

罗瑞已经混迹职场半生，稍稍看下苏菲菲的表情就知道她在想什么了。他的第一个想法是：看来这是一个要求上进的姑娘，不妨和她说得明白点。

于是，他清清喉咙，用他那惯有的温和态度娓娓道来：“菲菲，其实你一直是我们团队重点培养的对象，你的潜力我们都看得出来，你的综合素质也非常好。咱们公司有一点好处就是，你不用担心，只要有才华，绝对不会被埋没，但你才刚来没多久，你总得熟悉一下公司业务，总得有个过程，你要担重任，也得证明自己有独当一面的能力才行。”

这句话说得清晰明白，菲菲毕竟年轻，涵养功夫还不到家，听到这里，只几秒钟时间，一张小脸顿时已由阴雨绵绵转至阳光灿烂，连日打不开的心里终于透入了一丝亮光。

菲菲算是吃了一颗定心丸，一瞬间，又觉得大老板罗瑞简直就是上帝派来的天使。她高兴地起身与大老板告别。

菲菲走了后，罗瑞坐在座位上一边喝咖啡一边沉思了几分钟。他想，有才的人都有点脾气，看得出来，这个苏菲菲脾气应该不小。不满意就说，丝毫不含糊。这倒不是什么坏事，眼下他的团队正是用人的时候，他不怕有脾气，就怕没有人可用。

品牌市场部一共有三个部门：一个是品牌传播部，一个是公共关系部，还有一个是市场部。公共关系部网罗了大批的高学历人才，于是做出来的东西口碑好，又得高层赏识；市场部有数字来为自己的业绩做背书，根本不用说明。而品牌部近来的表现确实有些差强人意。罗瑞不是不为自己的前程担忧，不是不想往上升，但是得靠业绩说话呀。

他分析来分析去，还是手下没有得力干将的原因，所以为了网罗到合适人选，真心也是花费了很多心血。眼前这个苏菲菲，各方面综合考量，许是个可造之才。他一边这样想，一边收拾电脑回办公室。

菲菲告别大老板罗瑞后，喝着咖啡往办公室走。一边想郑杨杨已经是一人之下，百人之上了，还是要另觅高枝，更上一层楼。而林容已经放弃光鲜亮丽且高薪的职业，置之死地而后生地开始谋划创业大计，她苏菲菲岂能满足于在一个跨国公司做一个基层员工混混日子，只要想到这一点她就无法原谅自己。30 岁了，苏菲菲前所未有地感受到了同辈的压力。

但无论怎样，苏菲菲对今天自己和大老板的这场谈话感到无比满意，她将大老板罗瑞的那句话深刻地铭记在心：要证明自己有独当一面的能力。很快，她将为此奋发努力，倾尽满腔热情。

这是秋天一个美丽的清晨，走在路上，菲菲大老远就好像已经闻到了香水公司淡淡的清香，菲菲觉得香水公司今天的香味尤其让人神清气爽。

电梯打开的一刹那，她“啊”地叫了一声，对面的人也“啊”地叫了一声，两人互瞪了一眼。擦肩而过的一刹那，仿佛商量好了一样，都轻轻从鼻孔里不屑地哼了一声，然后扬长而去。不用说，那个人正是乔正。

你尊重的不是老板，而是位置

菲菲回到办公室就去参加一个新的产品宣传片的讨论会议。

供应商是个老江湖，知道菲菲正在受重用，便带着满腔热情迎上来和她打招呼："菲菲呀，今天看起来神采飞扬，气色真好！"

菲菲也配合地回答："见到你们太高兴了，我自然就神采飞扬了。"

在会上，供应商提供了三套方案，艾米选择了第二个，完全没有超出菲菲的想象。

但在菲菲的判断里，第二个方案不仅立意老套无趣，而且存在表达模糊的问题，只是执行起来更加方便一些。而第三套方案立意比较新颖，只是形式过于陈旧，但再稍加改动和完善，兴许可以变废为宝。

艾米是一个非常勤奋的老板，她对待员工真诚宽容，工作起来喜欢凡事亲力亲为，更难得的是她愿意给下属机会，单凭这一点，她就是一个非常难得的好老板。但她是野路子出身，靠着勤学苦干，又碰上了好上司，一路走上来，她并没有经过正规的思维上的训练，因而在工作上总感觉少了那么点宏观思维的格局。

最关键的是，她不能满足菲菲现阶段对一个好老板的定义。在毕业后任性诗意化地栖居了五年后，菲菲第一次开始反省自己，她觉得自己如果能早一点规划职业，就不会成为郑杨杨口中的失败者。浪子回头，当她重新审视自己的职业生涯时，她无比渴望找到一个职业 model，紧紧地追随，出多少力都可以，最关键的是能获得提升和指点。

关于这一点是郑杨杨的职业经历带给她的启发。郑杨杨曾经在一个国际公关公司里跟着一个神经脆弱并习惯性歇斯底里，但智商奇高的二十九岁女总裁工作了两年，被折磨得数次深夜痛哭，涕泪俱下，头发一大把一大把地往下掉，体重直线下滑，但郑杨杨咬死了一条：她逼着我锻炼了很多我没有的能力，我必须要过了这一关。

菲菲曾数次劝说她，不值得，真的不值得，换工作吧，对自己好点，但郑杨杨咬着牙坚持下来了。跨过无数次山后，掉了的头发也长了回来，眼泪锻造了坚强，终于成就了今天刀枪不入、临危不乱的郑杨杨。

郑杨杨的故事让菲菲明白了一个道理，什么才是真正对自己好？不是尽力让自己舒服，而是尽力让自己成长。

这也是她苏菲菲和郑杨杨的差距。用郑杨杨的话来说就是，没有经过深夜痛哭的人不足以谈人生。所以现在她郑杨杨有权利教育苏菲菲，而她苏菲菲就是不能，因为没有底气。苏菲菲急切地想要补上这一课。

菲菲是典型的学院派思维，做事情讲求调查、研究、思路、方案、验证。但艾米恰恰相反，她是典型的野路子思维，她工作时从来不讲思路，总是直接入手方案，这让菲菲在很长一段时间非常崩溃，暗自怀疑她做事的可靠性和专业性。因而在态度上也无意中会流露出那么一点轻蔑。这是她在职业上犯的一个大忌。

永远不要质疑你的老板，因为是你在适应你的老板，而不是你的老板在适应你；永远应该尊重你的老板，因为你尊重的是那个位置，而不是具体的某个人。不久后，她将为她在职业上的这个错误买单。

今天，大概是受到了大老板罗瑞无形中的认可，也大概是压抑得太久，她没有管理好自己的潜意识，不经意间流露出一点点嚣张的气焰，长久以来憋在心里的话一泻千里。工作第六年，她仍然不能在工作中很好地管理自己的情绪和态度，可见她在职业这条路上确实没有多么用心过。

她当着老供应商的面批评了自己老板的意见，毫无顾忌地说："我认为第二个方案可能与这个产品的调性有些不符。我昨天查过资料，总部推出 Forever 这个系列是因为格来德的朋友要给妻子过金婚的生日，想要对妻子表达的情感是：无论时光如何飞逝，我看到你永远都和第一次见到你一样，有心动的感觉。格来德想了想这应该是一种如同一片秋叶轻轻落地的感觉，有点怦然心动。也应该像是清晨起来，闻到了空气中淡淡的清香的那种感觉，但你就是很难去定义那个香味，那应该是一种前所未有，而且是被发掘出来的味道。所以我们虽然面对的是五十岁的群体，但表达的不仅仅是优雅的美，永恒的美，更是一种怦然心动的感觉，是爱情的感觉，是一种空气中都有甜腻味道的感觉。这个故事因为是个小小的插曲，所以总部当时并没有列入给我们的材料中。也因此，我觉得第二个方案表达得过于具体和狭隘，而没有那种怦然心动的想象力。”

菲菲因为懂一些法语，为了这个会议，昨天晚上加班至深夜十点，在总部的网站上研究了很久，几乎找遍了关于这个新品所有纬度的材料。她心里很清楚，以她老板的思维方式，绝对不会去做这些调研的功夫，而是会直接找一个和以前类似的可行方案立刻推进到执行阶段，更别说在她一点法语都不懂的前提下。

事实上，她们本来可以成为很好的搭档，她来补足她老板艾米的不足，可是跟着艾米开过很多次会议后，她总结出一条规律来，艾米是个态度非常好的老板，每一次都鼓励菲菲说出自己的意见，但每一次菲菲说了和没有说是一样的。开始的时候，菲菲猜测她应该是不认同菲菲的想法，又不好打击她的自信心，所以听了就不表态，当作没有听，后来觉得应该是她完全没有听懂菲菲在说什么。

得出这个结论后，菲菲曾数次非常崩溃，那种感觉仿佛是一只蚊子趴在玻璃上，但怎么努力都无法飞过去一样。她觉得非常挫败，因为如果以这种方式工作下去，不要指望她以后还有出去混的职业资本。

菲菲的这番高谈阔论一出口，她的老板像以往一样非常和蔼地点了点头，评论道：“菲菲，有道理，有道理，我觉得我们可以在第二个方案的基础上多加考虑这个观点，我基本上觉得第二个方案也符合你说的这个方向。”

菲菲毕竟年轻，有些控制不住自己的情绪，而且经过一段时间的磨合后，她特别想知道，如果她完全表达且坚持自己的意见，结果会怎样，于是她继续不知深浅地说："艾米，其实在我看来，第二个方案与这个品牌的初衷完全是背道而驰的。你看，我们其实刚刚说到了传播的三个点：怦然心动的感觉、永恒甜蜜的爱情、优雅的美。在这三个点之间第二个方案只表达了一个点，就是优雅的美。"

说完后，她小心翼翼地看了一眼艾米，一看她就意识到这话说得过分了，赶紧挽救道："当然，这只是我自己的一种看法，我经验毕竟有限，还得您来判断。"

出乎意料，这个时候，来自供应商团队的资深创意人说道："这个方案是按照艾米之前的brief来做的，但如果加上苏菲菲刚提供的材料，我也认为菲菲的判断比较准确。"

这个供应商团队的创意人叫凯文，事实上，凯文这一次也是被菲菲的直白给引爆了。他实在憋了很久，他服务这家公司也有一年之久，心底的不舒服早已攒在胸口，积压成山。凯文年轻时一直在4A公司做创意，靠才华和努力一路升上来，专业眼光自然没的说。若不是年纪已近四十，渐渐在工作上没有什么追求，又刚刚要了孩子，生活压力比较大，工作目标渐渐转变成"只要客户满意"这几个字，他实在看不上那些落后了时代一千年的创意要求。

与苏菲菲共过几次事后，他心底暗暗想这似乎是个明白人。有个懂点行的人来操刀终究是好事，以后沟通起来兴许会顺利点，所以今天这番言论也是心思不由自主地泄漏了。

菲菲心里立刻捏了一把汗，她知道，这样坦白的支持估计对自己没有什么好处。可让她意外的事情还在后面，她听到供应商的客户经理也说："要不让苏菲菲把资料都给我们一份，我们再根据资料完善一下第三个方案看看？”

客户经理最是势利，工作内容就是察言观色，搞好关系。他看出这苏菲菲敢挑战上司估计是有备而来，目前又正是大老板罗瑞眼里的重点培养对象，他倒是不在意什么观点专业不专业，执行好不好，他所看重的就是以后这活儿谁说了算。他隐隐地觉得菲菲今天这态度已经说明了点问题，她凭什么提反对意见呀，分明就是有底气了呀。退一步说，公司的创意部人员也对他抱怨很多，说这家公司的要求思维奇葩，想要的东西都是邪门歪道的，根本无法做正常处理，他听得耳朵也起茧了！刚又见创意总监出来表态，两相权衡，他这个态也是一定要表的。

艾米是个很少生气的人，但这种情势下也怪不得她不能忍了。她当下心里不高兴地想，苏菲菲真是不识好歹且不知天高地厚，自己待她已经不错，而且也依了罗瑞的意思要一心栽培她，奈何她这是着急做什么主。好，你要做主是吧，我就依了你，让你做这个主，看你做得了做不了！

艾米呼出一口气，恢复她一贯的镇定态度，对着菲菲说：“菲菲，你要是能全权独立对这个案子的结果负责，那就按照你的意思来做，你愿不愿意？”

菲菲想，已经到这个地步了，还有什么可怕的，所以她又不知深浅地说：“我愿意试一试。”

艾米难以置信地问：“你确定？”

菲菲点点头说：“嗯，我很确定。”

艾米又说：“好的，那你带领供应商把你认为合理的方案完善一下，如果罗瑞同意做下去，你就独自负责吧，这个项目我不管了，由你全权负责，我也希望你能尽快成长。”说完后，艾米起身出了会议室。

菲菲嘴上不住地嗯嗯，心里只希望她的老板能少恨一点自己。

会议就这样散场了，出门的一刹那，她听见客户经理悄悄对她说：“苏菲菲，我们全力支持你！”

无论对方出于哪种心理，此时此刻，菲菲都无比感激这样的支持。

你的气质隐藏在你的姿势里

这是一个星期五的晚上，苏菲菲因为当众挑战了她的老板，有点惊魂未定。她早早结束工作，收拾东西，准备回家恢复元气。她心不在焉地走进电梯，不曾注意到边上有个人在讲电话，待了几秒，第六感分明感觉身边有那么一团恶意在无形地扑向自己，不由得一抬头，又是乔正。两人四目相对，电光石火间，用眼神先打了一仗。

这个时候，她听见乔正在电话里阴阳怪气地说："你等着啊，宝宝乖，一会儿保准有惊喜……周五嘛，周五就是要充满惊喜，不像某些单身人士，尤其是大龄单身北漂未婚女青年，脾气太差又清高，周末没有人约，只能一个人回家吃狗粮……"

"叮"一声，电梯开了，乔正走在菲菲前面，一边往外走一边仍然在讲电话。菲菲跟在后面已经瞪起了圆眼起了"杀心"，她趁着乔正不防备，从后面扑上去狠狠地在他胳膊上拧了一把，然后以迅雷不及掩耳之势从旁边的楼梯跑开，远远地看着乔正张开嘴巴疼得一顿乱叫，算是出了一口气，得意地走了。

报复完乔正，菲菲心情很好地回到家，看到林容正盘腿坐在沙发上抱着电脑冥思苦想，便好奇地问：“你今天怎么没有去吃卤肉饭？”

林容见苏菲菲回来了，立刻扔掉电脑伸了个懒腰，好像很疲倦的样子，无精打采地回答她：“终于再也不用吃卤肉饭了，姐也吃腻了。”

菲菲问：“怎么，目标聚焦了？”

林容笑着说：“对，聪明。”

菲菲不由得惊叹林容神速，让她赶紧更新一下近况。

原来，功夫不负有心人，专业相亲一个月后，林容终于有了收获。

对方有一个如本人一样朴实的名字叫周大同，是一个国企的银行职员。工作稳定，收入普通，长相安全可靠，性格也踏实稳重，应该是一个适合结婚的经济适用男。

菲菲在看过照片后，毫不掩饰内心的失望，老实不客气地说：“我觉得他比不上你家小李子，要不我再联络下小李子，再当一次和事佬。”

不想，林容立刻激动地说：“苏菲菲，我再强调一遍，我林容的生活以后绝对和小李子没有任何关系！是，朋友还是可以做的，我俩昨天还电话聊天来着，但其他的，绝对不，可，能！”

林容的坚定让菲菲一下意识到了事情的严肃性，她到这个时候才发现，林容这一次的分手是铁了心的，否则她怎么可能还和小李子做朋友？一个人要真在乎另一个人，分手后恨不得从此完全不记得有过这么个人，哪里能有什么潇洒大方的姿态？而且都年轻气盛，又没有隔着长长的岁月。

她又听见林容说：“周大同哪里不好了？我就觉得他比其他人

都强。”

菲菲真心替林容不值，反问她：“那你说，他究竟强在哪里了？”

林容认真回答：“只一点，他就比其他人都强，当我问他，你愿意和我结婚吗？他毫不犹豫地回答：我愿意！不像其他人，要么犹犹豫豫，要么言辞闪烁，只有周大同坚定地回答：‘我愿意。’目光炯炯，斩钉截铁，一看就可靠。单凭这一点，我就觉得周大同比谁都好，因为他给了我最需要的东西。”

苏菲菲又惊讶又觉得好笑，打从林容有了创业的计划后，想法一日千里，变化得日新月异，她都有点跟不上了。她问：“即使他说‘我愿意’，可是你愿意吗？你才认识他多久呀，婚姻不是儿戏呀。”

不想，林容回答道：“我当然愿意，我想得很清楚了，你等着啊，我估计下个月就要结婚了。”

菲菲过了半晌才反应过来，说：“你这不是闪婚了，你这是秒婚，你这么着急为什么？”

林容说：“不是告诉你了吗？先成家再立业。”

菲菲看林容非常认真，也不好再反对什么，只能说：“成吧，反正你知道自己在做什么就成。”

林容嘀咕着：“别瞎操心啊，我这好着呢。”

这个时候，菲菲突然大声打了个喷嚏，紧接着又是一个。她一边拿纸巾一边说：“你看你这重磅消息把我惊出毛病来了。”

林容说：“行了，别矫情，咱也是经历过大江大海的人，这点事惊不到你的。这是有人想你了。”

菲菲撇下嘴巴说：“想我？应该是有人骂我还差不多。”

菲菲说对了，是有人正在骂他，这个人就是乔正。

此时此刻，乔正正坐在国贸三期的顶层酒吧里和一男两女放松地喝酒聊天。

他一边喝酒一边不时地揉揉胳膊上一片已经有些肿胀的红晕处，旁边坐着的漂亮小女生立刻探过头去，心疼地说："乔哥哥，你这是怎么了呢？肯定很疼吧，我给你吹吹。"

乔正说："不碍事，走在路上不小心被狗咬了一下。"

美丽的小姑娘扑闪着像扇子一样的长睫毛，天真地问："路上的狗怎么能咬到胳膊这么高的地方呢？乔哥哥又是男神的身高……"

乔正郁闷地说："嗯，关键不是什么正常的狗，是一只疯了的老母狗，又丑又老。"

小姑娘又娇滴滴地说："乔哥哥，要不要去检查一下，看看有没有感染呢？明天我陪你去，好不好？"

乔正忙说："不用不用，没事的，这已经不是第一次了，我有经验。"

小姑娘更是想不通了，疑惑地继续问："那你被咬了很多次了吗？那更应该去检查一下……"

乔正觉得越解释越说不清，脑子里盘算着怎么转移话题，旁边坐着的一男一女本来在看这养眼的一对使劲秀恩爱，这时候忍不住开口了。

女的笑着说："行了，你乔哥哥都这么大了，不会死于被狗咬的，别担心了啊。"

男的也笑着说："你乔哥哥如果被咬死也是被女人咬死的，而不是被狗咬死的。"

这句话一落，乔正的身子不自主地抖动了一下。

小姑娘假装微愠，不理该男士的话，凑过来趴在乔正的肩膀上对着他的耳朵耳语了两句，也不知道说了什么，两人都笑了。

男的又问："别说悄悄话了啊，刚说到去意大利，你们究竟有没有意见？"

乔正立刻拍手附和："好呀，我没意见，虽然早些时候去过一次，不过意大利是我最喜欢的国家，还是很想去。"

小姑娘见她的乔哥哥也同意，立刻也说："我也好想去意大利，好喜欢意大利的感觉，我同意，我坚决同意……"

男士说："那定了，咱就定下去意大利了，最近好无聊，得出去透透气……"

这个时候，乔正又不由得揉揉胳膊处的红晕，情不自禁地骂了一句："真是一只疯狗……"

这边厢，菲菲又狠狠地打了一个大喷嚏。

林容突然想起了什么似的问她："菲菲，上次郑杨杨给你介绍的那个有志青年怎么样了呢？听说你俩见过面了。"

菲菲擦擦鼻子，突然想起了什么似的，一边拿出手机翻微信，一边说："对了，都忘记回他信息了，他约我明天见面呢。"

林容说："赶紧去赶紧去，看你最近每天苦大仇深的样子，你又不可能嫁给工作，这才是最关键的事情。"

菲菲顿了顿，想起下班时在电梯里乔正嘲笑她周末只能回家吃狗粮的事情，于是在微信上回复对方："没有问题，我明天有时间。"

该名优秀男青年叫马坚伟。马坚伟比菲菲大一岁，一米七八的身高，相貌清秀周正，三观端正，在国企做策略规划工作，有房有车，生活安定，只差在房中安置一个女主人了。

单从表象上看，马坚伟在婚姻市场上应该是个“抢手货”了，但仔细了解后，会发现他性格呆板无趣，言语苍白，思想老套，是个患有深度直男癌的适婚男青年，与菲菲这种搞创意的活跃性思维形成鲜明对比。菲菲只是简单地和他喝过一杯茶，就再无兴趣深入沟通，但事情的巧妙之处就在于时机，若不是今天在电梯上受到乔正的嘲弄，她绝对不可能和他见第二面的。

马坚伟整个人的气质都透露出他是一个可靠可信的不二好老公人选。他是个非常接地气的人，他请菲菲吃饭去的是东北人家这种朴实无华又非常实惠的地方，让菲菲不禁感到有些意思。

大概由于生活圈子的问题，菲菲的朋友圈很多都是国外名校的毕业生，也因此大家的生活方式相对来说比较西化，平时吃饭总是把餐厅气氛放在第一，菜品放在第二，交通便利放在第三。但这一次突然有人请她到这种闹哄哄的地方吃接地气的东北菜，而且是去了就可以盘腿坐在土炕上的那种，菲菲感到新奇且有趣。当然，以马坚伟的心智状态，他不是故意要出其不意，剑走偏锋的，而是本色流露。

两人坐定后，菲菲心情很好地问他：“这个地方挺特别挺有意思的，你以前来过吗？”

马坚伟马上说：“没有，我猜你会喜欢就选了这里。”

菲菲立刻想：他怎么会猜到我会喜欢这里呢？难道我身上流露出东北马大姐的乡野气质来了？顿时心里有点小小的不快，她继续刨根问底：“你怎么猜出我会喜欢这里呢？”

马坚伟的回答让她心情稍稍平复了些，他说：“因为郑杨杨说你喜欢北方菜。”

原来还做了很多功课，菲菲想，看来真是很用心呢，她的不快消失了。

点完菜后，马坚伟突然拿出两大本厚厚的相册放到菲菲面前，说："菲菲，我很想让你了解一下我，所以带了我从小到大的相册给你，你有没有兴趣拿回去看看我的成长经历？"

菲菲相亲的经验不足，不知道原来还会伴随着这种节目，顿时有些微微发怔，感觉到压力山大，看他一脸真诚，又觉得拒绝了人家良心有些过不去，于是勉强挤出点微笑来违心地说："好的，我拿回去看看啊。"

紧接着，马坚伟又把他的家族史从头到尾给菲菲追溯了一遍，上溯至他爷爷的爷爷的爷爷，地域广度跨越了四个省份，分别是广州、武汉、湖南、山东，而且涉及了国民党和共产党的党派斗争，以及1949年之后的阶级斗争，整个就是一个近现代史的缩影。

菲菲一向爱听故事，听得津津有味，与此同时，她终于明白为什么马坚伟长着一张党员的脸，浑身散发出的浩然正气让人隔着五米也可以清晰地感受得到，原来是有出处的。

菲菲有点被马坚伟的真诚给打动了，于是开小差想道，也许，和马坚伟在一起可以弥补自己从小没有政治觉悟这一点。况且，嫁给他，物质生活也不错，也算向前迈进了一步。

这样想时，身体突然打了个激灵做出反抗，把她自己也吓了一跳。

马坚伟也注意到了菲菲这个小小的举动，赶紧问她："菲菲，你怎么了？怎么了？哪里不舒服吗？"

菲菲慌忙掩饰道："没有什么，早上可能有点着凉了。"

马坚伟立刻大手在空中一挥，打了个响指，呼唤服务员道："小弟，小弟，过来倒杯热水！"

这个举动立刻让菲菲不自主地抽动了下嘴角，也彻底地让苏菲菲觉醒了，感动归感动，他们好像真的不是同一个物种。

接下来，两个人又进行了不痛不痒的谈话。分别时，在马坚伟的一再坚持下，菲菲坐着他的车回了家。

在车上，菲菲抱着两本又大又厚的相册犹豫得快要哭了。她很想还给马坚伟，因为怕他希望太大而耽误他，但是又实在拉不下脸，不想让他太过失望，就这样犹豫间车子已经到了小区楼下。

最终，她还是抱着它们下了车，并且在告别的时候，言不由衷地说："我会仔细看的。"事实上，心里沉重得好像放了一块千斤重的铁一样。回到家，她就把它们放在了书架的最上面一层，以免视野一触及就心烦意乱。

林容问菲菲约会的结果怎样，菲菲把整个过程的心理活动讲了一遍。林容批评菲菲太过于感性，因为一个手势和一个称呼就把一个人否定了，是幼稚不成熟的判断。菲菲也就这个问题深刻反省了自己，反省到最后，她还是觉得一个人的姿势里隐藏着一个人的气质，而气味相投是一段恋情的首要条件。

主动承担责任是晋级的第一步

周一马上到来，苏菲菲很快就忘记了这个小插曲，投身到了火热的战斗中。

苏菲菲要挑大梁单干了，这个消息很快像风一样在品牌部传开了。

大老板罗瑞在看到那封让他表态的邮件后，突然笑了。他扶了扶鼻梁上的黑色眼镜，觉得自己选对了人。敢要，也敢干，后生可畏，是个做事的人。

他工作了二十多年，已经很少再对职业生出什么激情来了，可从苏菲菲身上，他看到了这种罕有的东西。罗瑞想，稍加培养和磨炼，或许以后是个挑大梁的人才。想到这里，他措辞委婉地表达了自己的不反对，前提是如果艾米同意。

艾米已经同意，那自然就是赞同了。

同事们今天的午餐话题自然也是这个。

郭超明用他一贯的表演性口气添油加醋地讲完这个故事的原委后，意味深长地加了一句评论："真的是太生猛了！太生猛了！"

白玲原本就不喜欢苏菲菲这个人，这个时候说道：“人家是大老板眼前的红人呀，有什么不敢做，狐假虎威，看她那个趾高气扬的气势，根本不把别人放在眼里。”

话说这个白玲，苏菲菲曾经在某个黄昏的楼道上和她单独不期而遇过，那个时候，她突然想找她谈一谈。问问她为什么明目张胆地不喜欢她苏菲菲，看看冰冻在哪一日，有没有释掉的可能，但最后，菲菲还是放弃了，因为她想起了有更重要的事情要做。

白玲利用自己吃货的天赋负责了每天中午找吃饭的地方，也因此在无形中成了吃饭团团长，具备了一种奇特的领导力，积攒了可观的好人缘。这种感觉就像一个家庭里的妈要负责买菜做饭，吃饭的人最好乖乖听话一样。

她每天张罗大家一起去吃饭，叫上办公室里能叫的所有人，唯独不叫菲菲，并且曾经因为有人叫菲菲而表达了明确的反对。对此，菲菲并不放在心上，因为她的清高、她的不屑和不愿计较。事实上，格子间是一个最世俗的地方，清高在这里最没有市场，真理不在少数人手里，真理属于大多数人，因为这里信奉的是团队精神。

这个时候，乔正突然想起，菲菲刚来的时候，他亲自叫了菲菲好几次一起喝咖啡，她都非常爽快地拒绝了，于是咬牙切齿地说：“最讨厌这种势利的女人，眼里把谁能用得上，谁用不上分得清清楚楚。好，就让她势利，我倒要看看她这工作怎么推进下去。”

大家说话间，王浩一直在看手机上的股票，突然说了一声：“天啊，又跌惨了，我靠！”

话题就此转变。众人都等着看苏菲菲的好戏呢。

菲菲在得到大老板的首肯后，决定使上洪荒之力就此一搏，看看能不能打开职业的新格局。

她牢记来自成功职业人士郑杨杨的警告：不能逃避，要主动承担责任，要迎难而上，跨过去，才能看到新风景。

艾米看到大老板同意菲菲的方案后，索性连关于这款新品的产品片也推给了菲菲。艾米是这样和大老板罗瑞说的，她想让菲菲在实践中多试试手，多磨炼磨炼，早日独当一面。

菲菲摸不准艾米的真实心思，推让了一下说自己经验比较浅，担心会影响最终质量，给老板们带来麻烦。

但艾米很坚持，还说相信菲菲，菲菲于是干脆就接下了。平心而论，不是她不知天高地厚，而是她不觉得自己会做不好这个活。跟过几个项目后，她已经对每个项目的工作量和所要求的技术含量有了基本的判断，自己也总结出一些基本的规律，所以她对自己有信心。

但时间还是非常紧张，又是两个项目，菲菲忙得天昏地暗，压力也山大。形象片还好一些，因为是老供应商，又知道菲菲受大老板重视，做事非常配合，但新品产品片就麻烦了，完全是个新供应商，而且找这个供应商来的人是艾米，新供应商从骨子里觉得菲菲只是一个干活的人，能当家做主的人还是艾米，所以基本上不听她的。很多时候，他们有问题都直接去找艾米，艾米也会回答他们。菲菲等到后面才知道他们的决定，这让她的工作困难重重。

这天，要在摄影棚拍摄一个采访的环节，菲菲一走进去，负责的编导就气势汹汹地朝她喊："菲菲，你怎么来这里了，我知道你想要拍什么，我会按着计划拍摄的，你跟着我，我没有办法干活呀。"

菲菲没想到他连菲菲要在场地看一下拍摄素材都要阻挡。但要真和他理论，又担心影响工作进度，忍了忍说：“行，那这样，你们按照进度来拍摄，如果出了问题，你们自己负责，行吗？”

编导没好气地说：“行行行。”

编导这一行是技术活儿，这些人都是走南闯北干出来的，江湖气比较浓，他们看着苏菲菲浑身的文气劲儿就觉得她是个花拳绣腿的角色，应该给他们买买饭、跑跑腿还行，真要管他们的工作，她又不是负责人又不懂实地拍摄，那是他们绝对不能忍受的。

晚上菲菲在家里查看拍摄好的素材，看完以后已经是凌晨一点，然而她惊讶地发现供应商竟然忘记问一个关键性的采访问题，她想起白天时，编导的那个态度，顿时气得在床上辗转反侧，无法入眠。

第二天开工时，菲菲找到编导质问他为什么没有问之前准备好的那个问题。

编导一怔，看得出来他应该是忘记了，但他还狡辩说：“我是按照最终的拍摄脚本走的，你为什么没有写入到最终脚本？”

菲菲惊讶地说：“这个问题是我们最后一次会议敲定的，当时说临时加到最终脚本里，大家采访时记得问就好了，因为不方便就不写入脚本了，这个你当时是在场的是不是？”

编导强词夺理地说：“我不记得了。”说完后大概觉得自己底气不足，马上补充，“看今天晚上或者明天早上，我们能不能再找一下那位教授，他不是明天才离京吗？我们再补拍一条得了。”

菲菲脸色已经非常难看了，她觉得人犯错误不是最要命的，要命的是犯了错误还在狡辩。

菲菲严厉地说：“你以为什么都像你想的这么简单吗？你知道这样要给大家增加多少工作量吗？如果教授说有事情不能来怎么

办？这就是我一定要在旁边看着你们拍摄的原因，因为出了问题是我在负责，不是你说负责就能负责的。”

这个年近四十岁的编导脸上有点挂不住了，但他还在负隅顽抗：“我觉得这是我们工作中磨合的必要阶段，我们之前的工作习惯从来没有客户在边上看着，我们都是按照最终的脚本来拍摄的，出了问题大家解决就好了，以后注意不就成了？”

菲菲心说：用你以前的工作习惯来解释你现在的错误，难道你是第一天工作吗？但她深觉再说下去实属没有必要，她也不想在这个节骨眼上得罪这个干活的人，影响了工作进度和质量才是要害。对方可以拍拍屁股走人，大不了损失点苦力，但她可不一样。她暗暗下定决心，做完这个项目，她要总结一下这个供应商所有的劣迹，汇报给艾米。

此事费了些周折终于补救回来了，菲菲心想，不管怎样，出了这样的事情，供应商以后应该会听话些吧。但没有想到，在下次拍摄的过程中，矛盾再次爆发。

在拍摄内景的时候，菲菲提醒编导要多拍摄一些展示科研成功的画面，没想到编导一下子就炸开了，正色说：“菲菲，拍什么我们昨天已经沟通过了，现场我是主导，你能不能不要干扰我的工作？”

菲菲没有想到他这么不长记性，提醒他说：“上次你也说过同样的话，最后不是出了问题吗？你能负责吗？”

编导在他的团队面前有些拉不下脸，动气地说：“菲菲，我们是干事的，能不能一码归一码。我现在要干活，你能不能不要干扰我？”

菲菲也担心影响进度，于是对他说：“好，我现在不影响你工作，我觉得我们需要谈一谈，晚上我找你吧。”

菲菲装着一肚子气走了。这个项目真心让她殚精竭虑，而这种精神压力直接反应到了她的身体上，她似乎能感觉到自己的体重在一点一点下滑。重压之下，有那么一刻，她想起了远在伦敦的张腾，后悔没有嫁给他，从此过上安稳的人生。她甚至也想起了马坚伟宽大的肩膀，想要不嫁给他生个孩子建立一个温暖的家吧，可以让自己疲倦的时候也能有个地方好好哭哭。

谁知道到了晚上，他竟然先告状。

菲菲曾经在微信上建了一个群，不仅把各位相关工作人员拉了进来，也把各位老板们请了进来，方便他们了解工作的进度。

这天收工后，她把工作的事情从头理了一下，正准备去找编导聊一聊，不想，手机上突然蹦出一条微信，定睛一看，气得她当场就要晕过去了。

编导竟然在工作群里和她的老板投诉她，说她什么都管，极大地干扰了他们的工作。

这条消息发出去刚两分钟，她的老板就打来了电话。艾米不问青红皂白劈头盖脸就说：“菲菲，不是我说你，虽然这个项目你独立负责，可我还是得提醒你，你得好好配合供应商，只要他们干活没有问题，其他都是小事，你得保证他们干活心情顺畅，才能交出有质量的活儿。”

菲菲满肚子的委屈再也憋不住了，她这样回复她的老板：“艾米，你是我的老板，你得支持我的工作，如果连你都不支持我了，我这工作还怎么开展了？我又是第一次独立负责项目，你知道他们前面出了什么事吗……”

菲菲敢这样反驳她的老板也是基于她对艾米的了解。艾米这个人虽然专业能力上并没有多么出色，但她的人品让她在这家公司闪闪发光，并一路平步青云——她做事从来对事不对人，在大是大非面前也非常有分寸。

艾米听菲菲讲述了事情的前因后果后，语气缓和了下来，说："菲菲，那你看着办吧，总之还是要 teamwork, teamwork 才能保证工作的质量。"

菲菲见老板表示了理解的态度，心里有些感激地说："我会注意的，您放心。"

电话挂断了。她翻出微信一看，只一个电话的工夫，供应商已经在群里发了长篇起义檄文，自说自话地把菲菲当犯人一样审判，总之要表达的意思就是觉得她管得太细，他们没有办法干活，希望菲菲以后好好配合他们工作。

菲菲看了群里的这篇檄文，冷笑了两声，她觉得这个新供应商真是搞不清楚自己的位置，说得菲菲仿佛是不出钱让他们白干一样，还让最终买单的人好好配合他们的工作。

菲菲这样回复道："你们觉得我们请你们来的目的是什么？是干活还是来监督我的工作方式有没有问题？"

这句话一发出去，这个本来义愤填膺的男编导突然就幡然悔悟了。每个人被说服的点都截然不同，但菲菲没有想到打动这个四十岁男编导的点在这里，她本来准备了满腔的斗争策略一时间都派不上用场了，便长长出了口气，准备洗个热水澡，结束这场闹剧带来的坏情绪。

也不知道是在工作群里没有获得支持所以心虚，还是真心反省觉得自己也有问题，总之，男编导的气焰从此一下子全下去了，他在工作群里回复说：“菲菲，我们绝对不是这个意思，绝对不是监督你工作的意思，我们也是希望工作能顺利进行下去……”

男编导又解释了一大堆，菲菲已经无心再理他了，也不想和他深入沟通工作了，心想，反正只剩四分之一的拍摄了，做完该干吗干吗去，各走各道，早点相忘于天涯吧。

这些沟通都被大老板罗瑞看在眼里，他觉得苏菲菲是否存在工作上管得过严的问题不重要，但有一点看出来了，她不怕事，而且理论水平貌似也不错！心下的认可反而更多了些。

再过几天，产品片勉强拍摄完毕，进入了制作阶段。菲菲心头一块重石终于放下来了。

她在新供应商这边受尽了气，却在老供应商那边享受了尊贵的礼遇。

老供应商早已经听说了新供应商这边的风波，心想这是放开了让菲菲干呢，更是觉得生意前景得赌一赌这位可能的新主。

另一方面，也是因为了解公司情况，眼见苏菲菲都敢挑战老板独立承担项目了，前途应该不可小觑，于是也下了十二分的功夫来伺候这个新主。

那一日，早上九点钟，供应商的客户经理给她打来电话说已经在楼下等她。菲菲急匆匆下楼，发现客户经理正拿着一杯咖啡站在一辆奥迪A8前面笑吟吟地等她呢。菲菲快步走过去，满脸带笑地说：“不好意思呀，叫你等了。”

客户经理是个“80末”的标致男青年，天生擅长人际关系，对别人的需求简直洞若观火。他热情地走过来，亲切地递上一杯咖啡，说："你喜欢的抹茶拿铁，没有买错吧？"

菲菲在新供应商那边被当成小助理一样对待，突然被老供应商这样当韩剧里的霸道女总裁一样伺候，一时有些不适应，不由自主地回应说："没没没，你们这服务真是专业呀。"

说话间，客户经理已经给菲菲拉开了奥迪 A8 的车门，菲菲坐进去后，客户经理也跟着坐在旁边，吩咐了司机几句，就开始非常职业地给菲菲报告工作进度。

菲菲坐在奥迪 A8 里一边喝咖啡，一边听着客户经理给她汇报工作进度，感觉这一幕非常像电影里的场景，不禁笑了。

客户经理看菲菲笑了，顿时觉得自己昨天费了大功夫租的这些道具真正发挥了作用。

到了片场，客户经理仿佛下了决心要把菲菲伺候周到一样，把现场各位工作人员的职责都给菲菲介绍了一遍，众人都像见了"背后的老大"一样礼貌地向她问好，拍摄过程点点滴滴都征求她的意见。菲菲前几日的坏情绪一扫而光，心想，怪不得人人削尖了脑袋要往上走，原来上面的风景果然好呀。

拍摄非常顺利，晚上菲菲吃了客户招待的大餐，又被奥迪 A8 亲自送回了家，度过了像电影场景一样的一天，感受棒极了。

善于合作方能强大

菲菲的两个新品片子初版已经出来，她心头的大石没有那么沉重了。但接下来的推广方案又让她皱起了眉头，因为这次又要与她的死对头乔正合作了。

共过几次事之后，菲菲发现乔正属于这个世界上智商最高的那种人，所以他要是有心看一个人的笑话，还很难不让他看。而现在，他就是执意要看苏菲菲的笑话。

事情一开始就火药味十足。

当菲菲把自己项目的推广需求写成一封 mail 发给乔正的时候，乔正用火眼金睛扫了一遍，以迅雷不及掩耳之势回复道：需求需要写得再详细一点。

这是菲菲能够预料到的。菲菲又绞尽脑汁，把能想到的细节全部补充上去，又发给了乔正。

结果，这次乔正发了个工作的模板单子给菲菲，说希望菲菲按照正常流程填单子。

菲菲知道乔正在故意整她，上次拧了他胳膊的事情估计不仅仅印在了他的胳膊上，应该也印在了他的心上。想到这里，她有些怪自己的幼稚不成熟，这个梁子结得真是不值得。她也随即反省了自己，明明知道乔正是自己以后经常打交道的人，干吗要惹他呢？郑杨杨都提醒过自己，一定要和乔正合作而非对立，看来自己职业的成熟度实在不高。

菲菲长叹一口气，已经没有办法，就是整她她也认了，工作还得继续干。菲菲又费了很多心思填写了乔正给的表格，在发 mail 之前她仔细地核对了所有的细节，生怕有什么把柄又被乔正给抓住。

还好，乔正终于算是接了单。单是接了，过两日，菲菲一看乔正做出来的推广方案，差点气晕了。这么重要的新品上市宣传片，他竟然给了那么点可怜的推广资源。

菲菲想联合产品部的人提出反对意见，无奈产品部管这个新品的经理也是一个新入职的经理，初来乍到，还处于对业务和公司做事风格的摸索阶段，形势还没有看清，也不想随便地反对什么，做事只是一味地“嗯嗯嗯”好好先生模样。

菲菲一时有些咽不下这口气，因为就算这片子做得再好，推广上不去，到时候数字不好看，她还是白搭呀。

菲菲一时郁闷至极，又想不到合适的办法。

这天中午，宁馨儿喊菲菲去吃云南菜，菲菲答应下来，过去后才发现，原来又是一个跨部门的聚餐局。

宁馨儿看见菲菲，热情地招呼她坐过去。刚坐定不久，她的克星乔正也来了，因为只剩下苏菲菲旁边一个空位，他无奈地走过来，极不友好地看一眼苏菲菲说：“我可以坐这里吗？”

菲菲还他一个冷眼，突然想起上午的推广方案一事，故意说："交点费用就可以。"

乔正立刻在心里骂了一句，真以为自己是美貌绝伦的主儿了，家里镜子是不是坏了。他嘴上却说："那我这是在看大明星呢，坐个座位还要收费。"

这个时候有其他部门的人打趣说："你们俩又开始杠上了，干脆你俩结婚吧，多像两口子吵架！现在不是流行相爱相杀吗？"

菲菲心想，你们这是瞎眼了吗？我俩分明就是天生一对杀父仇人的样儿，哪里像两口子。于是嘴上说："那简直是这个世界上最后一件可能发生的事情。"

乔正听了这句话气不打一处来，心说，你以为你是谁啊，想嫁给哥的女人可以排队到长城了，像你这样的就是打飞的到长城排队，估计也拿不到号。但他城府显然比菲菲要深很多，说出来的却是："是啊，人家苏菲菲是什么人，不仅才华横溢，且美丽绝伦，堪称完美，和我放在一起不是侮辱人家嘛，你们也太高估哥了。"

菲菲心想，总算你说了句实话，和你放在一起就是侮辱姐。

看这两人你一句我一句地冷嘲热讽，宁馨儿解围地转移话题，问菲菲："对了，菲菲，你最近的项目怎样了，听说你一个人挑大梁，挺辛苦吧。"

这宁馨儿也是哪壶不开提哪壶，菲菲本来为这事心里憋了一肚子苦水，便阴阳怪气地说："干活倒是不辛苦，本来我天生就是个干活的人，主要是有人看你不顺眼就挺麻烦了。"

乔正听她这么说，心里的刺立刻疯了一样长了出来，回应说："有些人为什么就不能自己反省一下自己的行事风格呢？处处出风头，自己不是很有能力，可以一个人搞定很多事情吗？那就自己搞定呀。”

菲菲哪里肯轻易让他教训，马上回复道：“乔正，你有没有职业操守，你这是公报私仇！”

乔正有个习惯，一紧张就愣愣的，他没有想到菲菲会公开和他对质。他顿了顿稳了稳神说：“苏菲菲，我是公事公办，你不要气急败坏乱诽谤人！”

菲菲又说：“我气急败坏？好，乔正，你不给我资源，我就自己找资源，真以为没有你这事我就干不了了！”

乔正的眉毛也抬起来了，看来真是火了，愤怒地说：“苏菲菲，你要搞清楚啊，你找不找资源那是你自己的事，你这个项目根据目前的状况，只能给你这么多资源！我手上的推广项目不是只有你那一个，OK？”

众人都屏息凝神，不知该如何息事宁人，幸好这个时候服务员开始陆陆续续上菜了，有人招呼说：“赶紧吃饭，赶紧吃饭，吃饭的时候咱不谈工作哦。”

郭超明也解围说：“我上午看了个段子笑得肚子疼，讲给你们乐乐……”

菲菲站起来说：“我不吃了，我已经气饱了，吃不下了。”

说完，她站起来拿起外套就往外走。

菲菲在路上一边走一边想：“好，这个项目姐就自己找资源，姐还就不信了，做不成这个项目姐就不干了！”

世事难料，别笑得太早

整整一个下午，菲菲头也不抬地坐在座位上盯着电脑屏幕，时而思索时而记录。众人看她周身散发着沉重的气息，谁也不敢打搅她。

一会儿，她拿着手机，端了杯咖啡走到天台上，关键时候，还是她的闺蜜团能救她，她打电话给郑杨杨。

郑杨杨在电话里听她叙述了事情的前因后果，第一反应是：“你老板知道这事吗？”

菲菲回答道：“邮件里都抄送各位老板了，但她没有表态。”

郑杨杨想了想说：“苏菲菲，你要是一个人能把这事办得很漂亮，那就是化危机为机遇，倒也很不错，其他人都得自动闭嘴，这样，姐支持你，容我仔细想一想。”

菲菲立刻拍马屁：“郑杨杨，你的伞真大，我必须被你罩着才能顺利地茁壮成长！”

郑杨杨非常受用这句话，她一直对苏菲菲充满了救世主情绪，觉得苏菲菲就是个满脑子糨糊的理想主义者，没有她郑杨杨，很难在这世上过上好日子。

紧接着，苏菲菲又立刻约宁馨儿一起吃晚饭。

宁馨儿对中午发生的事情有点丈二和尚摸不着头脑，正想听听菲菲怎么说，于是爽快地答应下来了。

菲菲知道宁馨儿喜欢吃日料，于是约在了姜太无二。

她到了后，挑了个靠窗的位子坐定，双手托着腮支在桌子上，一边沉思一边等宁馨儿，眼见窗外有棵大银杏树，一身金黄，枝丫向四处延展，看起来像一个充满风韵的少妇，美丽高贵。

菲菲突然想，季节已经流转到了深秋，她竟浑然不觉，每天埋头苦干，连日子是怎么过的也不知道，这才是舍本逐末。又看见有只喜鹊正在树上叽叽喳喳地对着她的方向叫，菲菲突然觉得这是个不错的兆头，多日不开的心里终于透进一丝亮光，她长长吐出一口气，灰暗的情绪瞬间明亮了一些。

话说，宁馨儿最近日子也不好过，每天被她的两个气场逼人的老板压得内分泌失调。

她的大老板凯瑟是个极度情绪化的人，喜怒无常，挑剔刻薄。她的小老板是个极度敏感的人，防备心又超强。这两个人凑在一起，只要有一个没有伺候好，她就是那个受气包。

就像昨天中午吃饭的事情，三个人一起在云海谣吃饭，因为她要在门口招呼服务员拿菜单，所以最后一个进来。到了饭桌边，发现两个老板一头坐一个，她想了想，还是和自己的直属老板坐一起吧。刚坐下，她的大老板的脾气就上来了，把服务员叫过来，自己点了一杯酸角汁，然后给小老板米拉达也点了一杯，根本不理宁馨儿。宁馨儿顿时知道自己这个位子坐错了，一时也补救不回来，一顿饭吃得极为难受。

到了下午的时候，部门订的下午茶点送过来了——因为凯瑟的这个个人爱好，公关部每周二都有甜点享用。宁馨儿有心要哄一下大老板，于是主动拿了甜点送进凯瑟的办公室，然后又就一个新方案请教了一下大老板，终于哄好了大老板。但没有想到，这事被小老板米拉达看在眼里，心里又生出了疙瘩。

宁馨儿一出大老板办公室的门，小老板就绷着一张脸对她说："宁馨儿，你过来，我们开个会。"

宁馨儿乖乖抱着电脑跟随小老板米拉达进了会议室。

一进会议室，小老板米拉达扔过来宁馨儿翻译的新闻稿件，劈头盖脸就嚷道："你究竟脑子里在想什么？"

宁馨儿赶紧抓起桌上的材料，定睛一看，只见米拉达把宁馨儿翻译错的一个专有名词用红色的笔从头到尾全部标注了出来。

米拉达瞪大了眼睛说："宁馨儿，你不是英文很好吗？怎么可能这样一个词也翻译错？你是基础员工吗？这个都需要我来教你吗？ 你觉得我有那么多时间吗？这个稿子是明早要发到媒体的，如果就这样发出去，你知道后果是什么样的？"

宁馨儿暗自在心里嘀咕："同一个专有名词每个公司的叫法都不一样，你不告诉我我怎么知道要这样翻译？连个最基本的业务培训都不给应该是你的失职好吗？"当然，她也只是在心里嘀咕一下，无论怎样，都是她的错。所以她嘴上说的却是："我下次一定记得，一定记得。"

嘴上说着，心里也有些纳闷，这米拉达虽然防备心很强，总担心宁馨儿把她看重的业务抢着干了，但她做事职业性还是很强，不至于因为这个事情和她发火。这样想时，终于明白了，因为刚才她拿着方案去请教大老板了，她觉得自己作为一个直属老板的威严受到了挑战。

想通了后，宁馨儿顿时泄气了，这两个各怀鬼胎的主儿，以后该怎么伺候呢！于是，今天中午，她决定逃出来，尽量少和她们一起吃饭，省得哪个节点上伺候不周到，一天就不好过了。

宁馨儿轻飘飘地来了，只见她披着鹅黄色的披肩，脚蹬栗色的长筒靴，黑色的长发齐齐搭在肩上，怎么看都是个美女，菲菲一时间看美女看得有些发呆。

宁馨儿先开口："今天你不加班吗？好稀罕呀。"

菲菲笑着说："今天心情不好，要休养生息，对自己好点，不加班了。"

宁馨儿又问中午的事究竟为什么，菲菲前后描述了一遍，最后沮丧地说："感觉这关我过不了了，得了，反正早死早超生。"

菲菲又问宁馨儿最近工作是否顺利。

不出所料，宁馨儿的苦水早已汇聚成海洋了，就等着机会疏通一下呢，于是吃着鳗鱼寿司，宁馨儿把两个女魔头的各种怪异行为从头到尾魔化了一遍。末了喝下一大杯玉米汁，擦擦嘴巴，化悲愤为食物了，内心终于获得了平衡，她不由自主地打了个饱嗝。

菲菲也深深为宁馨儿打抱不平，果然痛苦是在比较中减轻的。她想，与宁馨儿相比，起码她的老板们都像插着翅膀的天使一样，她应该还是幸运的。

这样想时，她问宁馨儿："反正来了也没有多久，你有没有想过一走了之？"

没有想到，习惯了一帆风顺、众星捧月生活的宁馨儿，却比菲菲有骨气多了，她目光坚定地说：“我不是没有这样想过，但我如果走了就代表我失败了。我不能就这样轻易地失败，我一定要坚持下来！”

菲菲在她对面已经竖起了大拇指，她也被宁馨儿鼓舞到了。她突然明白了为什么自己会和宁馨儿成为朋友，因为她们都是对自己有要求的人。

菲菲突然想起了这顿饭的用意，于是她试探着说：“宁馨儿，我想问你个事情，你们公关部不是每年都会让总部为你们定制一些特别的小瓶香水礼物吗？如果你们有剩余可以送我点就好了，今天不是和乔正夸海口吗？我自己得找推广资源。你看这天底下哪里有免费的午餐，我又没有预算，就拿些小礼品换点亲朋好友的资源，看行不行得通。”

没有想到，宁馨儿立刻说：“没有问题，我们组的礼品都归我管呢，我明天送六十支精包装的给你。”

菲菲坐在对面，顿时毫不掩饰地笑成了一朵花。她没有想到事情竟然可以这么简单，仍然难以置信地问：“真的可以吗？你那两个厉害的老板会不会有意见？”

宁馨儿看菲菲高兴，情绪也高涨了些，欢快地说：“昨天我老板还悄悄和我说，今年定制的礼物太多，怕上面要是仔细核对，觉得我们浪费，明年不给批这么多预算呢。还和我说可以尽快送给供应商一箱，或者是送送和工作相关的朋友之类都可以，缓解下库存压力呢。”

菲菲听了这话，想起来刚才冲着她叫的喜鹊，简直觉得老天也在帮她呢，便激动地说："宁馨儿，你简直就是我的福星，你的大恩大德，我没齿难忘。"

宁馨儿看菲菲激动成这样，笑着说："看你说的，我要是个男的，你还敢以身相许呢。"

菲菲说："是呢，你为啥偏偏是个女儿身呢？太不好了！要不我就和你搭伙过日子了。"

这顿饭就这样愉快地结束了。

走在回家的路上，菲菲想，宁馨儿还真是个值得交的朋友，大概因为她从小顺风顺水惯了，自身没有匮乏感，人又聪明，受过良好教育，眼界也高，所以不会嫉妒人，又肯真心帮人，是个难得的朋友。

她不禁感慨，一个人为什么要努力读好的大学交往优秀的人呢？大概这就是原因。只有见识过好的才会有高的眼界和宽广的胸怀。否则，一点鸡毛蒜皮的事就记在心里，自己难受，别人也难受。

菲菲暗暗认定了这个朋友。

菲菲把从宁馨儿这边要来的六十支精包装小香水送给郑杨杨做点人情，当然只是杯水车薪，最主要的还是依赖于郑杨杨本人的资源。郑杨杨平时说话嘴巴毒一些，性格里自带一种狠劲，但真正了解她的人都知道，她非常仗义。菲菲能过这一关，关键时刻还是靠这个仗义的好朋友。

郑杨杨长袖善舞，给苏菲菲请了十多位相关领域社交媒体达人和三位主流媒体的名记。菲菲心下大快，整个人立刻神采奕奕，脸上也泛出红晕来，觉得未来的征途突然又向她敞开了大门。

通过这件事情菲菲也有所顿悟，她和郑杨杨的差距还真不小，她苏菲菲还处在靠专业技能和苦力赢得尊重的阶段，但郑杨杨已经进化至靠资源来打拼职场了，只要假以时日，专业技能和苦力的可替性并不难，但资源的竞争力就不可同日而语了。菲菲暗自佩服郑杨杨这些年的飞速成长。

但仅过了一天，从亚太区的总部上海就传来了消息，因AQ全球市场计划的调整，AQ公司将新品“传奇”进入中国市场的计划推后一年。

菲菲在看到这封发给全体员工的通告邮件后顿时浑身气血上涌，这一次，她觉得连老天都在和她作对了。她的脑子里瞬间出现几个大字：升职无望了！

新品“传奇”推迟一年在华入市，也就意味着对其一切的宣传和推广计划都要取消，至于菲菲做的这两个片子能否在明年派上用场，希望就非常渺茫了，因为市场环境每年都在变化，宣传手段也在变化。菲菲想起为了做这两个品牌片子，自己所付出的心血和经历的坎坷，顿时泪眼婆娑了。

艾米安慰她：“你在公司待得久了，就会知道这种事情常有，不要气馁，以后还有发挥的机会的。”她强忍着眼泪，点了点头，这个时候觉得她的老板艾米真是她的亲人。

就这样，菲菲第二次独立负责的项目因此无疾而终，她还是没有“证明自己有独当一面的能力”。

但这件事情也并非全是负面影响。经历了这件事情后，乔正开始对苏菲菲有了另一层的认识。

以乔正聪明的头脑，他不可能只是人云亦云。他对苏菲菲有成见，是因为觉得苏菲菲走高层路线，和老板们走得近，并且狐假虎威，认定她就是传说中的那种非常有心机的女人。但几次共事下来，他又觉得菲菲虽然人是有点骄傲，但骄傲这种东西是骨子里的，和人品扯不上关系，看她行事的风格，还真不是花拳绣腿，而是舍得出苦力狠干的人。上进且懂得自我奋斗的人都是值得尊敬的，因为芸芸众生里，最多的就是只知道享乐和混日子的人。

这件事情也让菲菲对乔正有了一些新的看法。她偶然看见了乔正所做的部门季度项目推广计划，发现如果真按照项目的量级，再综合各部门在大老板心中的重要程度来衡量，设身处地，他应该只给这两个新项目那么点推广资源。她想，在这一点上，乔正起码是职业的，自己冤枉了他，不免心里觉得有一丝丝愧疚。

饭可以乱吃，话不能乱说

菲菲去上海参加一个品牌部的会议，出差了一周。

回来后的第一天上班，宁馨儿叫她一起吃饭。宁馨儿也叫了左维楠，左维楠又约了乔正和郭超明，白玲紧跟乔正，于是六人组饭局就成型了。

六个人来到一湖春吃湖南菜。菲菲和乔正最近的关系比较缓和，因而这顿饭的整体气氛还不错。

左维楠是个很健谈的人，听说菲菲是个挺有个性的人，接触不多。也是出于好奇，他首先以一个万能的话题开口问道："菲菲，你是什么星座的？"

菲菲回答："白羊座。"

左维楠恭维说："白羊座是一个盛产文艺女青年的星座，怪不得你这么有才。"

菲菲忙说："有才还谈不上，不过大部分白羊座都喜欢文艺吧，你是什么星座？"

左维楠说："我是天秤座。"

菲菲说："天秤座的男生都非常绅士，性格温和，人缘也很好，很好相处。"

左维楠接着她的话说："天秤座是风相星座，白羊座是火相星座，所以天秤和白羊很合得来，我有好几个好朋友都是白羊座。"

菲菲也领情地说："嗯，好像还真是，煽风点火，那天秤应该是旺白羊座的呢……"

也不知道为什么，听着这两人的谈话，乔正突然感觉心里非常不爽，这种不爽的感觉就像自己的东西被别人看上了一样。情急之中，他突然憋出一句话："谁说的，还是同一个种类星座的比较合得来，比如火相和火相，土相和土相……"

这时候，郭超明插了一句："乔正，你是什么星座了？"

乔正脱口而出："狮子座呀。"

众人顿时都有点诧异，那乔正的意思是他和菲菲才是比较合得来的？

乔正也意识到自己的言不由衷，突然有点不好意思，转移话题说："这家湖南菜很不错呀，我们明天要不还一起来？"

白玲马上附和说："好呀好呀，我也一直很喜欢这家，明天我们还来。"

左维楠又问菲菲："菲菲，你每天晚上怎么吃饭呢？"

菲菲说："我很多时候都在加班，所以都是叫外卖。"

左维楠说："我也是，下次要不一起吧？"

没等苏菲菲回答，乔正气急败坏地抢过话题说："左维楠，你上周不是说你买了一个烤箱吗？好用吗？我的烤箱早上坏了，这次想着一定买一个质量好点的。你买的那个怎样？”

左维楠说：“我觉得还行，回头我把网上的链接发给你吧。”

乔正应了一声。

左维楠又继续问菲菲：“对了，菲菲，你早饭怎么吃呢？”

菲菲回答他：“一般都是煮一个鸡蛋，然后用面包机烤一片面包。”

左维楠说：“对了，能不能教我一个最简单的早餐做法呢？我最近正在想以后一定要好好吃早饭……”

这个时候，乔正又打断他道：“左维楠，听说你每天早上都来公司楼下的健身房健身是不是？”

左维楠有点诧异地说：“你不是很早就知道吗？我记得我还邀请过你一起来着。”

乔正故作惊讶状，不自然地笑着说：“你看我怎么就忘记了呢，想起来了，好像是有这么回事。”

这个时候，左维楠有点怀疑乔正今天是故意和他抬杠，笑着说：“你今天是怎么了？我是不是得罪你了？”

乔正悻悻然地说：“哪有这回事，我是那么容易被得罪的人吗。”

郭超明开玩笑说：“你俩还谁得罪谁呢，打是亲骂是爱，怎么着都是相亲相爱。”

众人笑了。

这个时候，宁馨儿对着苏菲菲说：“来，菲菲，我采访一下，都说你审美好，你来评判一下，咱们公司最帅的男生是谁？”

这个问题问得好不尴尬，别说菲菲觉得有点为难，乔正和左维楠两个人顿时都有些难为情。菲菲嗯啊了半天，最后说：“我觉得我们公司门口的保安最帅。”

乔正首先应和道：“对，我看保安大叔今天又剪了个新发型呀，还真有点好莱坞大牌明星的派头。”

白玲也说：“保安大叔每天都是神采奕奕的样子，好像每天都有天大的好事发生一样……”

菲菲感觉今天这顿饭吃得怪怪的，但又不确定是什么地方怪。

如第一天所约定，第二天大家又来到一湖春吃饭。

左维楠因为出去开会，没有参加饭局，在微信上表达了他的遗憾，但业务部的杜雯和另一个女生加入进来了。人越来越多，菲菲觉得好像学生时期春游时的午餐会一样，又热闹又折腾——重要的不是吃，而是人多欢乐多的气氛。

杜雯对乔正的一片芳心大概连公司里的清洁阿姨也看出来了。只要乔正一出现在她的视野里，隔着两米的距离都能感觉到她浑身为之一震的劲头。最明显的表现就是，只要乔正穿一件新衣服，过几天，杜雯一定会买一件同款的女装。但懂行的人多看两眼就会发现，绝对是来自某宝的同类仿货。

有一次，宁馨儿和菲菲聊到公司的八卦，宁馨儿问菲菲觉得他俩是不是一对儿？鉴于之前无意间在天台上听到的那次谈话，菲菲也曾误会过他俩的关系，但随着时间的推移，她完全推翻了之前的看法。

根据菲菲的观察，她觉得他俩的关系像极了他俩穿衣服的那种感觉。男方买一件巴黎世家的皮夹克，女方紧接着就买一件淘宝款同类型女式皮夹克。一方是引领者，另一方是追随者，但又追得完全不得要领。远远地看起来，身型胖瘦高矮仿佛是一对，近看气质和言谈举止，简直风马牛不相及。

这一天的午餐之旅上，杜雯穿了一件蓝色的紧身礼服款连身裙，把她玲珑的身体整个包裹起来，整个肩膀袒露出来，又配上十厘米的黑色高跟鞋，看起来女人味十足。如此隆重而用力的穿着，也不得不引起同事们的调侃。

有人打趣说："杜雯呀，你这样穿着，我们不好意思去一湖春了，我们得去吃西提牛排。"

也有人打趣说："呀，你这样来上班，你老板敢派活儿给你吗？"

杜雯也不理大家的打趣，大踏步追上前面的乔正，并肩走在他旁边，显得目标明确，进攻有力。

乔正感觉旁边有个人跟上来，回头一看是杜雯，不由得也上下把她打量了一番，知趣地说："呀，不错呀，今天是什么大日子吗？你穿成这样。"

杜雯说："和你们一起吃饭就是大日子呀。"杜雯本想说"你"，又有点不好意思，话出来后就改成了"你们"。

乔正说："那你这大日子还真不少呀。"

杜雯又说："我一上午都在做一个ppt，头都疼死了，你不是ppt大师吗？下午有没有时间帮我整体看看，提点意见呢？"

乔正毫不客气地说："你们部门那么多高手，你不如请教你们部门的人更加方便，我这下午一大堆事情呢。"

杜雯被明确拒绝，稍稍有点尴尬，回身看了看其他人，离得还有段距离，应该没有听到什么，于是放下心来，又说："对呀，忘了你可是大忙人，这种小事情哪里能麻烦你……"

这个时候，众人已经到了吃饭地点，便选了一个包间坐了下来。白玲和杜雯分别坐乔正两边，其他人都随便坐了，菲菲和宁馨儿坐在杜雯对面。

吃饭中间，有人提到乔正养的泰迪狗，乔正说他家的狗下个月要生了，是第一次生育，自己手忙脚乱，不知道该如何迎接小宝宝，然后乔正又非常骄傲地给大家看他家狗现在怀孕的样子，兴奋地说：“我刚在网上订了关于狗怀孕期间应该如何饮食的书，就怕伺候不好这个主。”

菲菲因为坐乔正斜对面，侧面注意到他闪闪发亮的眼神，一副又激动又兴奋的样子，仿佛一个父亲在迎接自己即将出生的儿子一样。菲菲突然觉得蛮横无理的他竟然也有很可爱的一面。

乔正第一个吃完，把椅子拉在旁边，坐在一边和大家聊天。大家说到最近的真人秀节目，乱笑了一通。

不一会儿，杜雯也吃完了，拉开了座位紧挨着乔正坐在一边，因为穿了紧身裙，裙子卷在腰下面，露出了修长的双腿，她朝着乔正舒展开一双美腿。这个姿势立刻被明敏的乔正捕捉到了，他看了一眼面前的这双明显要展示给自己看的美腿，说出一句让大家都惊讶的话：“杜雯，你这姿势是要约睡吗？”

杜雯的脸立刻变得红彤彤一片。

敏感的菲菲出于对女性的同情，脱口而出一句后来让她自己都后悔的话：“约睡是你自己的期待吧？”

这句话一下子激怒了乔正，他立刻回一句：“我和你不同，你反应这么激烈分明就是被刺中了要点，是不是你经常约？”

菲菲的气不打一处来，她这人在男女关系上一向过于保守，最看重自身清白，便瞪着眼朝他喊：“你怎么说话的？”

乔正也朝她喊："你不反省一下自己是怎么说话的？"

宁馨儿一看不对劲，拿出公关人天生的灭火素养，解围说："你看，又来了，又来了，咱们是不是该结账了呢？大家都吃完了吧。"

于是，众人开始张罗结账，一顿饭又在仇恨中结束了。

走在路上，菲菲有些后悔，她觉得这回好像真的是自己说话有些过分了，不免满胸腔装满了歉意。

传奇故事里的女主角们

晚上回到家里，菲菲和林容提起中午的这个小插曲，末了自责地说："好像这次是我错了……我真不应该说那句话。"

林容盯着她的眼睛左看右看，若有所思地说："菲菲，你成天不住地提'花花公子'这个人，一会儿是怎么看他都不顺眼，一会儿又说他尴尬的时候其实也很可爱，口口声声讨厌死他了，现在又觉得自己错了，我觉得这里面貌似有问题。"

菲菲又警觉又心虚地说："有什么问题，我这是实事求是，你别乱想。"

林容故意紧紧盯着她的眼睛追问："我乱想什么呀，我根本就没有多想，是你想了吧。"

菲菲推开她："行了，不提这个讨厌的人了，提起来反正没有好心情，说说你，你们最近进展到哪一步了？"

菲菲这一句话又引出一段传奇。

菲菲常常以她那两个活色生香的好闺蜜为荣，她们有追求，有思想，努力奋斗且脚踏实地。她们敢于挑战自我，也敢于挑战这个世界的规则，从学生时代起，就开始创造一个又一个励志的传奇故事，是别人眼中自带光芒的人。

林容和周大同约会两周后，主动提出要看看周大同的居住环境，怎奈周大同言语支支吾吾，每次都找理由打发她。林容是什么人，那是和高智商高情商的小李子斗智斗勇了六年的人，她感觉事情必有蹊跷。于是，在又一次要求被拒绝后，林容找了一个天衣无缝的理由，周大同只好乖乖顺服。

到了周大同的家，林容开启她的火眼金睛四处侦查，终于看到了蛛丝马迹——周大同床上的一床粉红色的凉被。

对手如此聪明狡猾，周大同再难承受说谎带来的巨大压力，终于低头认错，将真相和盘托出。

原来周大同曾有过一段五个月的婚姻，虽然进入离婚程序后，两个人已经分居半年。但目前婚还没有彻底离清楚，原因是女方在最后阶段有些后悔了，并且开始放低姿态祈求男方。男方虽然离心坚定，但毕竟一日夫妻百日恩，他动了恻隐之情，陷入了左右为难的境地。

菲菲听到这里，已经相当气愤，她把手中的茶杯重重地放在桌上，打抱不平地说："这周大同太过分了！这种事情怎么能容忍！"

林容反过来安慰菲菲："我开始也很生气，但冷静地想了想，这两个月的交往，我还真是挺开心的，也真心挺喜欢周大同这个人。他踏实体贴，心胸宽广又上进。我就问我自己，舍得放弃吗？我心里有个声音告诉我，舍不得。我想，如果舍不得放不下，那就什么都不说了，而且他不是马上要拿到离婚证了吗？那我要做的就是赶紧让他把这婚离了，然后和我结婚。”

林容如此接地气的想法彻底把菲菲震惊了，菲菲只好屏住呼吸听林容继续讲下去。林容不是没有火气，但周大同一再保证尽快拿到离婚证，并且付诸行动，每一次和前妻就离婚事件的商议都要林容在身边，让她知道进度。终于，半个月后，周大同恢复了自由身。

就在周大同恢复自由身的第二周，林容正式向周大同提出了结婚的要求。

周大同不是不想和林容结婚，但他和女人的分分合合实在让他身心疲倦，他犹豫了。

讲到这里，林容长长地叹了一口气道：“这次我是打定主意了，如果他不和我结婚，我就一定要换人！”

菲菲喝下一大杯茶水压压惊。以菲菲单纯的人生经历来看，这个故事真心太过复杂了。苏菲菲还停留在王子要吻醒了睡着的美丽姑娘，然后千方百计地哄着她，宠着她，爱着她，最后在一个无比皎洁的月光中，求她嫁给他。她要千回百转，还要百般考验，直到她确定了他就是此生注定要生活在一起的人。于是，王子和公主幸福地生活在一起了。

菲菲感觉在林容的这个故事里，所有元素都太过贴近大地，抹杀了她一切朦胧的美好幻想，既然都没有美感，又怎么能让人有美好的期待呢？

作为林容最好的朋友，菲菲觉得自己有权利表达真实想法。她摇着手中的茶杯，总结道：“不值得，真的不值得。”

林容反问她：“什么叫值得？在我看来，值得不值得只有自己知道。我愿意用我所有换我想要，不管是不是等价，只要我愿意就是值得的。”她回答得斩钉截铁，仿佛她自己早已经就菲菲的这个问题思考过很多遍，得出了自己的结论。

菲菲赞同林容最后的这个观点，凡事只要是“我愿意”，就无须多言。她了解林容，知道她做事从来不会束手束脚，只要自己认定，从不在乎别人眼光和普罗大众的价值观，坚定且坚决，菲菲很佩服好友的这一点。

想到这里，菲菲决定不再反对，只要是林容认定的，她就愿意一直支持她，站在她的这一边。

郑杨杨听说林容的事情后，也为她打抱不平，觉得太便宜周大同了，于是在一个夏末的周六晚上，开着她的小红车风一样地来了。这一次，除了拎着鸭脖子，她还拎着一瓶价格不菲的法式香槟。

一个多月没有见郑杨杨，林容和苏菲菲已经快认不出她了。只见她左手拎着法式香槟，右手挂着最新款的Dior包包，头一仰，被染成黑灰色的长发甩到了肩后去，潇洒地摘下了鼻梁上的Dior墨镜，嘴一张露出雪白的牙齿，清脆而欢快地说了一声：周末的欢乐时光正式开启了！

这一连串的动作把林容和菲菲看呆了，两人惊讶于数天没见，郑杨杨的身份地位又提升数倍，她们都为这位传奇的闺蜜而骄傲。

苏菲菲惊讶地说：“郑杨杨，你是傍上大款了吗？”

林容说：“郑杨杨，你这是一夜暴发了吗？”

郑杨杨放下各项装备，一边换拖鞋一边说：“你们能不能正能量一些呢？我郑杨杨一直都是靠正能量打天下的好不好？姐不是高薪被挖了吗，算是暴发吧！”

苏菲菲和林容面面相觑，点了点头，明白了，那个月薪翻两倍的工作。

林容说：“郑杨杨，今日你这身价已经这样了，只能自己迎娶高富帅了。”

郑杨杨摆摆手，说：“你俩别这么没有见过世面好不啦？要么有钱要么有爱，姐没有爱来暖心，只能拿物质求温暖了，没有错吧？”

一听这话，苏菲菲立刻觉得自己最可怜了，又没有钱又没有爱。

这个晚上，在郑杨杨醉人的香槟酒里，苏菲菲和林容又听到了一个传奇的故事。

郑杨杨问：“你们看过《华尔街之狼》吗？”

菲菲和林容异口同声地说：“看过。”

郑杨杨感叹说：“姐真是大开眼界了，原来金融圈真的是这样做生意的，那都是活生生的现实呀。”

菲菲和林容又异口同声地“啊”了一声。

郑杨杨被猎头猎入互联网金融公司易银宝后，已经工作了一个月。那是一个纸醉金迷的世界，清一色的高管美女，公司里连普通员工的工服都是香奈儿套装。老板一高兴就把金融街商场LV店的全部包包都买空送给员工。每个月的业绩出来后，业绩出色的员工动辄获奖一套三环边上的八十平方米房产。老板会请意大利米其林餐厅的大厨飞过来到家里准备家宴，香槟喝不完会用来泡澡洗脚……

林容和菲菲惊讶得不住喝香槟，不一会儿，一大瓶香槟已经喝光了。

她们听见郑杨杨继续说：“我刚给老板安排了一个财经媒体的

电视专访。因为收视率很不错，老板竟然送了我一个 Dior 包包。”说话间，郑杨杨用手指指她刚扔在沙发上的 Dior 包包：“就那个。”

苏菲菲胆怯地说：“要是我真有点不太敢收。”

林容也说：“他难道……”

郑杨杨打断她俩：“我开始也有点不习惯，总觉得老板这样送礼是不是有什么其他想法，后来看这公司的做事方式就是四个字——简单粗暴。只有一个标准，只要有业绩就有奖励。”

苏菲菲又疑惑地问：“可是，你们公司的盈利能有那么大吗？”

郑杨杨也犹疑地说：“只是不停地有人投钱进来，毕竟广告的花费非常大，但我也才进去，不是很清楚，应该是盈利也非常可观，否则老板又不傻，不会入不敷出地花钱的……我自进了这个公司，每天都在刷新认知，现在都有点怀疑，是不是以前我们接触的层面太窄了，知道的关于这个世界的纬度过于单一了呢？”杨杨一边说，一边不确定地摇了摇头。

林容说：“这也确实有可能……毕竟易银宝这两年也算是名企了，应该不会是有问题吧。”

杨杨犹疑地说：“我也这么想，反正先观望观望。”在巨大的物质利益面前，郑杨杨依然能够保持清醒，仅这一点郑杨杨就已非同常人了。

一时间，三个人都陷入了沉思。这个开眼界的晚上很快就在香槟酒的作用下甜美地度过了。

菲菲是个心里藏不住事儿的人，因为内心对乔正充满了歉意，最近看他的眼光也不免有几分涩涩的，一来二去，变得有些怪怪的，心想，不能拖下去了，否则还不清了。

该如何表达这种歉意呢？菲菲紧锁眉头思索着。

一天，众人吃完午饭后一起闲闲地往办公室走，看到大厦下的人行道旁边开了一家非常别致的花店，芬芳的香味一时弥漫了整个街道。乔正说正好要给母亲订花所以要进去看看，其他三个人表示要回办公室，于是就此分道扬镳。

菲菲本来也要回办公室的，但走到楼下，突然想起这应该是个致歉的好机会，于是在旁边的星巴克买了两杯拿铁，拿着走进了乔正刚进去的花店，打算请他喝杯咖啡。

不想一走进去，看见乔正一边在和店主聊天，一边拿着一个小小的笔记本在上面飞速地记着什么，神情非常专注，一改往日的公子哥形象。菲菲心微微一动，不由自主地站住了，她以为他只懂享受，潇洒但不肯吃苦，聪明但不肯用力，会做事但不够尽心，原来错看了。

站了一会儿，她走上去把两杯咖啡递给乔正和店主，说："一边喝，一边聊。"

这个时候，乔正才发现菲菲的到来，接过咖啡毫不客气地喝了一口，不忘恶毒地说："有没有下毒？"

菲菲答："有，还是没有解药的毒。"

乔正说："我不怕，敢喝我就敢死。"

花店老板不由得笑起来了，问："你女朋友？"

菲菲一惊，马上说："不是，是天敌。"

乔正看了她一眼，面无表情，不置一词。

菲菲忙说："就是请你喝杯咖啡，我没有其他事，先走了。"

在跨出店门的一刹那，她听见乔正说："谢谢了啊。"

事实上，今天的机缘巧合对乔正有关键意义。他的下半年品牌传播计划早已经做好，迟迟没有交是因为总感觉没有多少新意，不能赢的战役他绝不参加，所以最近总在找突破口。不想，今天和花店老板的聊天对他启发良多，至此，他已经具备了必胜的信心。

事情也正如他意，一个月后，乔正顺利晋升为品牌部高级经理。

恋爱的前兆是精神分裂?

菲菲觉得乔正最近有点怪。

一日，菲菲在左维楠的办公室讨论一个新项目，隐约感觉有个人在办公室门口转来转去，她抬起头来看，好几次都看到一个熟悉的背影，仔细一看，是乔正。

另一日，菲菲和大老板罗瑞在会议室等待成都业务部的一个人接入的电话会议，无意中抬头数次，又看见一个熟悉的背影，定睛一看，是乔正。

还有另一日，策略部的一位男同事因菲菲曾为他们的项目提供过帮助而请她吃饭。吃饭间，远远地又看见一个熟悉的背影，脸虽然被报纸挡住了，但还是被菲菲认出来，是乔正。

综合数次经验，菲菲甚至怀疑乔正是个跟踪狂。她把这个结论告诉了林容，林容不禁笑着启发她："他是不是看上你了？"

菲菲把头摇成了拨浪鼓，十分肯定地说："如果你看见过他对我有多凶，你就不会这么说了。"

林容又说："那就是巧合，纯属巧合。"

菲菲点了点头，自我暗示说："也许就是巧合。"

左维楠也觉得乔正最近有点怪。

一日，他和菲菲、艾米还有另外一个同事开会，中场休息的时候，他要出去买咖啡，突然想起菲菲也有喝咖啡的习惯，于是问她："我去买咖啡，一起去吗？"菲菲爽快地答应下来，于是两个人一起往外走。

在去的路上，他们碰到了乔正。乔正热情地和左维楠打招呼，并没有理旁边的苏菲菲，他好像听闻乔正和菲菲是死对头，所以也并没有觉得奇怪。

然而刚进咖啡店，他就接到了乔正的电话，说有个事情急需他帮忙，麻烦他能尽快过去看一眼。乔正说得十万火急，左维楠只得扔下菲菲上去找他。

上去后才发现，不过是一封发给总部的邮件，乔正不确定地址，因为左维楠经常和总部沟通，所以他请左维楠帮忙核对下。左维楠有点纳闷，这点小事可以找的人很多，明明知道他在楼下，为什么还非要找他？

还有一日早晨，他在大楼一层碰到菲菲，于是两个人一起等电梯，电梯开了，乔正走了出来，诧异地扫了一眼他和菲菲，但并没有理菲菲，而是对着他说："维楠，我刚有个事想找你，有没有时间，和你聊两句？"左维楠点了点头。

于是菲菲上去了，结果乔正支支吾吾了半天，竟然问道："你们今年 outing 要去哪里？"这让左维楠非常不解。

再一次，他和菲菲在他办公室讨论一个项目上的问题，乔正在他办公室门口来来回回至少走了四五趟。

这样想着，他似乎突然发现了什么。对呀，一个关键点被他忽略了，那就是每一次都有苏菲菲在场，左维楠立刻明白过来了。但他马上又感到困惑了，他们难道不是死对头吗？

与此同时，乔正最近看苏菲菲越来越不顺眼。

苏菲菲最近动不动就跑到大老板罗瑞的办公室接受一对一的指点。老板时间那么宝贵，竟然有时间单独指导她一个小小的助理经理？每一次看到她经过自己办公室门口去罗瑞办公室，乔正就觉得自己要多讨厌她就有多讨厌她，恨不得走上前去把她捏碎了。

还有，真有那么多的事情要和左维楠沟通吗？他乔正来公司四年了，也没有那么多事情要和左维楠频繁地开会沟通啊！况且，有什么事情不能在电话里说呢？动不动要跑过去说，居心何在？

再有，公益部的那个赵明，人家叫她去吃饭她就去，是为了彰显自己多受异性欢迎吗？想到这里，他狠狠地更新了朋友圈：up to my face.

这边厢，菲菲正在看朋友圈，刚好看到乔正发出的这几个字，不由自主地在这条微信下面打出一行字：That is what I want to tell you. 字打完后，她即时恢复了理智，又把这行字删除了。

一间KTV里面，众人正在给两位寿星过生日，芝士蛋糕摆上来，啤酒摆上来，蜡烛点起来，有年轻人的地方永远不缺热闹。这是品牌部在按照惯例给本月过生日的两位同事庆祝生日。

众人围着吧台，嘻嘻哈哈地唱着生日快乐歌。乔正今日心情大好，主动负责切蛋糕。切完后，他把第一块蛋糕给了寿星。第二块蛋糕，特意递给了菲菲，说：“长胖点啊。”

菲菲莫名其妙地接过蛋糕，第一反应是乔正的精神分裂症已经到了晚期。

迷惑间，菲菲的电话响了，她走出包间接电话，是左维楠。左维楠让菲菲确认一个方案的版本，菲菲答应后就挂了电话。

紧接着，她只向前走了一步就停在原地不动弹了。因为乔正就站在离她两米处，目露凶光地瞪着她。

菲菲一时呆住，不知进退。

乔正转身回了包间，菲菲也紧随着回到了包间。

生日蛋糕吃过，开始有人唱歌有人玩游戏。

郭超明是个歌霸，发挥了他的喜剧天赋，一会儿唱歌一会儿跳舞，引得众人笑声不断。剩下的人坐在沙发前准备玩游戏。菲菲和乔正不是冤家不聚头，两个人又坐在了一起。

乔正出了个游戏，大家安静下来听他解说游戏规则。

菲菲因为开了小差，没有听清楚，转身问乔正："你再说一遍，我刚没有听清楚。"

哪知乔正恶狠狠地说："你反应过慢，这个游戏不适合你！"说完招呼大家一起玩了起来。

菲菲有点尴尬，鼓了一肚子气，随手抓了一杯啤酒自顾自地喝起来。

乔正觉得这样还不解气，指挥菲菲说："你去给我点首歌，我要唱歌。"

菲菲本不想理他，但顿了顿，很快改变主意，说："你要唱谁的歌？"

乔正炫耀说："哥还需要选吗？什么都可以，什么都可以的。"

菲菲心里立刻冷笑了一声，但嘴上却说："果然厉害。"

她默默地点了一首陈奕迅的《浮夸》。

一分钟后，轮到这首歌了，她呼唤正玩得不亦乐乎的乔正唱歌。

乔正高兴地拿起麦克风，站到吧台边，正意气风发地准备一展歌喉，显显身手。但音乐一响，他就泄了气，白了菲菲一眼后，他扔下麦克风说："连歌也点不好，除了生孩子，你还能做什么。"

菲菲拿起乔正丢下的麦克风，得意地说："除了生孩子，我还会唱歌，你不会唱，我替你唱。"菲菲拿起话筒唱了起来。

乔正顿时觉得男性的尊严被侵犯到荡然无存的地步，有些无地自容了。大概是为了掩饰尴尬，乔正坐到了人群中，玩得更起劲了。

菲菲坐在一边不经意地打量着乔正，发现他玩起来还真是雌雄同体，长幼不辨。三十出头的人完全像个孩子，而且和两个小他快十岁的小女孩配合得天衣无缝，仿佛就是她们的同类。况且，刚刚还气成那样。她不禁想，这究竟是个什么样的人呢？

因为输的人要被画脸，不一会儿，乔正的脸上已经被画得亦猫亦狗了。有人提议拍照，于是灯光亮起，众人抢着和乔正拍照，白玲一向乐于服务乔正，拿着相机负责拍照。

王浩一向是个公正的人，待菲菲不错，看菲菲一个人坐在旁边尴尬，拍拍她肩膀说："菲菲，也去拍一张，和大家一起玩嘛。"

菲菲不想违逆王浩的好意，于是走过去说："来来来，我也和乔经理拍一张。"

这个时候，白玲一下子收起相机，说："不拍了不拍了，拍得累死了。"

此刻菲菲才发现，这个几乎没有和她说过几句话的白玲早已把她恨之入骨了。

米亚大概想起菲菲平时对她其实不错，走上来说：“那我来拍吧。”

结果白玲翻了个白眼说：“你什么时候又和她走得近了。”

米亚不是个有主心骨的人，她顿了顿，觉得如果要在此站个队，她必须站到吃饭团团长这一边安全一些，于是摸了摸相机说：“这个相机我貌似不怎么会用，算了，不拍了。”

就这样，菲菲又在尴尬中喝下了第三罐啤酒。

有人要走了，于是大家纷纷开始散场。

众人站在路边等车，不一会儿，车陆陆续续来了。

菲菲住得近，用打车软件后没有人接她的单，不一会儿路边就只剩下她一个人了。她焦急地开动了三个打车软件，仍然没有人接单。

突然，一辆车停在了她面前，车窗打开了，乔正的脸露了出来。

他探出头来说：“打不到车吗？我顺路带你吧。”

菲菲本不想坐他的车，可是抬起手腕看了看都已经凌晨一点了，顿了顿，便拉开车门坐了进去。

乔正问菲菲具体地址，菲菲回复他后，他又报给司机。

两个人一向习惯于吵架打架，似乎也只有那样才是彼此舒服的相处方式，像这样平静地关在一个狭小的空间里，一时间仿佛不知道说什么，但又好像有很多事要说，两个人都有些欲言又止。

夜色温柔，车安静地滑行在漆黑的夜色里。

乔正突然说：“看你今天兴致不高嘛，是不是没有左维楠在，你就高兴不起来？”

菲菲有些反应不过来，为什么他突然又提起左维楠？

她转身看着乔正，片刻间有些确认了他是真的有些精神分裂。

大概也是喝了点酒，她突然说出一句让自己也震惊的话："乔正，我想问你个问题，你究竟是讨厌我还是喜欢我？"

乔正也微吃一惊，他没有想到菲菲会如此单刀直入。

他顿了顿，说："你可以问，但我也可以不回答。"

菲菲叹口气，说："好的，我知道了，那你以后不要让我误会。"

乔正回答她："那请你以后不要误会。"

乔正的最后这句话立刻让菲菲清醒过来，她在瞬间就决定，以后再也不会误会他。因为最近她被乔正各种奇怪的行为搞得快要精神分裂，一会儿觉得他也许是喜欢她，一会儿又觉得他是真的恨她。今天，南瓜车马上就要消失，她已经恢复了理智。

菲菲很快就到家了，于是礼貌地和乔正告别。

逼婚成功有特方

这是一个深秋的周末。就在菲菲还在床上做着美梦的时候，一向最爱睡懒觉的林容已经迫不及待地出门了。

事实上，今天是林容的大日子。她打了个的士，在民政局的前面停了下来。然后，像个熟练的老手一样，她径直上了二楼，来到婚姻登记处，在外面的一张长椅上坐了下来。

是的，她对这个地方已经非常熟悉，因为昨天她就已经来过了。

林容是个执行力极强的人，在经历了周大同的突发事件后，她觉得夜长梦多，计划需要赶紧落实到实处。于是，她郑重地把结婚问题提上日程，周大同的反应也丝毫没有超出她的预料，他说他需要时间。

林容丝毫没有劝说的意思，更没有对抗的打算，她平静地说："我周五早上在朝阳区民政局等你，你要是来咱们就结婚，要是不来，那就永远也不可能来了。"说完她就走了。

那天下午，周大同在他们常常见面的世贸天阶一个人坐到凌晨。

这个象征甜蜜的地方一下子变成了某种牢笼，成为他走不出的梦魇。

这个可怜的男人，生活似乎总给他抛出有关女人的难题。刚刚送走一个，另一个已经迫不及待地要进入他的生活了，他感到一阵战栗。他舍不得林容，但是他也舍不得这短暂拥有的自由。

待到黎明来临的时候，周大同还是没有想清楚该如何做这道选择题，但他还是在上午十点钟的时候，准时拿着户口本出现在民政局的门口。也仅凭着这一点，林容就原谅了周大同的优柔寡断。

然后，民政局的工作人员见识了他们工作以来最为难忘的一幕。只见一对年轻人像拔河比赛一样，一个拖着另一个一步一挪地从民政局的门口挪到电梯口，又从电梯口挪到二楼，又从二楼挪到婚姻登记处的门口。

这短短的距离，在他们走两步退一步的缓慢进程中竟然花费了整整一个上午的时间。但最终，他们还是没有走进那间小小的、神圣的房间。

更加令人好奇的是，这一对中，在前面拉着往前走的是女的，而在后面拖着不走的竟然是男的。

有一对中年夫妇刚离完婚出来，看到这阵势，男的立刻有感而发，对着这正在拔河的男青年说："她要离你就和她离，迟早有一天她会后悔的！"

这女的一听话外有话，也对着这正在拔河的女的说："只要下定了决心，要有勇气走到最后！加油！"

这一对年轻男女立刻齐声回复他们："我们不是离婚，我们是要去结婚！"

中年离异夫妇悻悻然地走了，一边走一边说："这结婚怎么搞得像拔河比赛一样呢。”

拉锯了多时后，女的实在没有力气了，突然蹲在地上委屈地哭了。男的气喘吁吁地，赶紧蹲下来哄这女的。

女的根本不听男的说话，哭够了，站起来就往外走。男的追出去，拉住女的胳膊，焦急地问：“你要去哪里？”

女的甩开男的，带着哭腔说：“你听着，以后我去哪里做什么和你没有半点关系！”然后，女的拦住对面过来的一辆出租车，走了。

男的垂头丧气地站在原地，过了半晌，蹲下来，双手插入乱发中，深深地叹了一口气。

那天晚上，周大同像发了疯一样给林容打电话。失去她之后，周大同才彻底意识到这段关系在他心里的分量。

最后电话终于打通，他像是对着上帝发誓一样，承诺了明天一定和林容去朝阳民政局。于是，便有了今天的再会。

事实证明，周大同是一个可靠的男人，他要么不承诺，承诺了就一定不会食言。不一会儿，周大同来了，见到林容，讨好地傻笑起来，说：“我没有迟到吧？”

林容看了他一眼，平静地说：“没有。”

于是，周大同跟着林容进了这个他们昨日徘徊了一上午的地方，十五分钟后再出来，他已经是一个有妇之夫了。

在婚姻登记处的门口，他们各怀心事地道了别，各自回了家。

坐在出租车上，林容突然哭了。那是一种非常复杂的心情，求仁得仁，她没有什么好后悔的。在他们的爱情故事里，没有浪漫可言，但并不缺乏感情，她已经知足。只是想起她就此跨入了人生的另一个阶段，不能不感慨万千。

哭了一阵，她拿出手机给妈妈打电话，第一句就是："妈，我结婚了。"

林妈妈以为自己听错了，问："你说谁结婚了？"

林容又说："妈，我结婚了。"

这回林妈妈听清楚了，她赶紧问："和谁？"

林容答："和一个河北人，踏实靠谱，我喜欢他，他也喜欢我。"

林妈妈听到"踏实靠谱"四个字就放心了，她相信这个从孩提时代就显示了非凡独立性的女儿，因为她从来没有让她操过心，也从来没有让她失望过。

林妈妈以罕有的镇定说道："等有时间了，带回来给我们瞧瞧。"

林容答："嗯。"

母女又说了几句闲话，就收了线。

林容怀着复杂的心情发了一条朋友圈，那是她和周大同的结婚照。

那时那刻，苏菲菲正赖在床上拿着手机翻朋友圈，看到这条微信"腾"一下从床上跳了起来，情不自禁地喊了一句：My god!

郑杨杨正坐在酒店大厅和一位西装革履的男士喝早茶，随意扫了一眼朋友圈，顿时睁大了眼睛，喊出一句：My god!

当林容若无其事地跨入家门的时候，郑杨杨正在电话里就她的结婚事件和苏菲菲表达她的震惊，菲菲一看林容回来了，索性按了外放键，三个人开起了电话会。

郑杨杨一向嘴毒，问："林容，你确定你不是被诱拐着签了字？"

林容听了这话顿时笑了，然后把自己怎么威逼利诱周大同结婚的过程讲了一遍，三个人立刻笑翻了。

苏菲菲胡闹地说："来来来，刚刚成为已婚妇女，说一下你有什么感受，发表一下。"

林容想了想，清了清喉咙说："其他倒没有，就是觉得终于逼迫周大同签了字挺有成就感，这种感觉有点类似于终于在威逼利诱之下把客户的合同拿到了手。"

菲菲和杨杨又是一通笑。

郑杨杨当妈的架势又来了，关切地说："林容，你都和周大同扯了证了，你俩都是合法夫妻了，你起码今天应该过去和他住在一起吧？"

林容像是想起了什么一样，一副恍然大悟的样子，拍着头说："对呀，这以后我是得和周大同生活在一起呀，这我还真没有想过……"

郑杨杨哭笑不得："这都没有想过你就逼婚了？也真有你的……"

菲菲已经在一边笑得坐在地毯上了……

林容就这样把自己嫁出去了，这一年，她 29 岁。

那天，挂了电话后，郑杨杨、苏菲菲和林容都陷入了沉思，闺蜜团三人组中的第一个人要出嫁了，这对她们来说都是一件意义重大的事。

菲菲感到莫名的伤感，她想起了林容和小李子分分合合的六年，想起了林容曾经为爱痴狂的每一个瞬间，唏嘘不已。她怎么都没有想到林容最后会以这种方式嫁给了周大同这种类型的人。她突然觉得感情这种东西太过神秘莫测，好像已经完全超出了她的智商能理解的范围，她也由此想到了张腾和乔正，迷惘不已。

郑杨杨也感到伤感，她的伤感是对时光飞逝的不舍与无奈，她们三个人从学生时代起就在一起玩耍，毕业后，工作、谈恋爱、遭遇挫折、学会坚强，彼此见证了对方成长的每一步，早已亲同姐妹。现在，林容开了这个头，她要进入人生的另一个阶段了，这是一个划时代的标志，宣告了梦想岁月的结束，现实人生的开启。没有岁月可回头，郑杨杨没有想到，时光是如此不经用，眨眼间，她已是今日的大龄未婚女青年。

林容也感慨不已。今天是她的大日子，她已为人妻，已有了自己的家庭。而下一步，她将按照计划，辞职创业，进入一个充满挑战的未知世界。林容自小就相信自己一双手，但此时此刻，她对前方崭新的生活仍然无法避免地怀有一丝丝恐惧和不安。往事没有不堪回首，她得不到的她不再奢望，她能够得到的，她已努力获得。林容在心里为自己打气，努力，努力！

才华是一种会发光的东西

小人物有小人物的烦恼，大人物有大人物的困境。就在苏菲菲因为自己的项目黄掉而沮丧不已时，AQ 的管理层也正在个个坐立不安，如履薄冰。

本年度财报已经出来，亚太区业绩下滑百分之二十，管理层准备采取行动，大刀阔斧地进行改革，否则很难向总部做出交代。

大的经济环境已然改变，外企“黄金十年”的红利已经过去，营销模式和消费模式都在发生变化，变革已是求生的必经之路。

财报出来仅一周时间，改革已经在 AQ 如火如荼地展开。

首先是裁员，公司内一时之间人心惶惶。菲菲所在部门的员工没有受到裁员的影响，但进行了部门内部的改组，并且由于桃乐丝在新的大中华区总裁麦克林那里受到特别重视，她的势力范围得到扩展，新增加内容营销部门，并且将公关部也并入品牌市场部，整个品牌市场部进行了人员的重新布局与调整。新的势力范围划定，必然是有人欢喜有人愁。高层变动中最受影响的应该是公关部的总监凯瑟。

这一次，凯瑟已经意识到了上面开始对她采取行动。由于公关部的特殊性，凯瑟一向是独立向大中华区的总裁汇报的，因而凯瑟一向引以为豪自己可以和各大部门的副总平起平坐，但这次上面无形中却安置了个老板给她，虽然职位和工作性质没有变化，却是一种变相的降级。然而她也只能哑巴吃黄连。

一个人在职场的价值取决于他的可替代性有多大，之前由着她来，也是没有办法，凯瑟在公司服务多年，深入过多。但现在眼看着她手下的大将米拉达已经可以独当一面，成长得越来越老练，她那些自以为是的工作作风逐渐成为管理层“不能容忍的风格”。

作为一个小人物苏菲菲，她也在这一场变革中受到影响，她被划入了新增的内容营销部。

她的新上司是一个近四十岁的刚刚生完孩子的女老板莎日瑞。莎日瑞已来AQ工作七年多，也是一位资深老员工，她其貌不扬，眼小脸大，给人鼠头鼠脑的既视感。

但莎日瑞是位很有能力的老板，她的优点比较明显，做事思路清晰，善于抓住重点，而且表达能力极强。与此同时，她的缺点也比较明显，心胸狭窄，自私自利，且公私不分，经常会在无意中流露出一个泼辣的街头妇女本色。这个缺点在某个阶段不会影响她的职业进步，但到了某个阶段后，将成为木桶的最短一块板。

当然，那时那刻，菲菲对她的新上司一无所知，但对她的旧上司，她本能地觉得，艾米估计也是求之不得要把她踢出自己的部门了。有一个不听话又受到上级栽培的下属，真让艾米头疼了相当一段时间，趁着这次管理层的改革，她终于送走了这个烫手热山芋。

大老板罗瑞是这样和菲菲说的："菲菲，旧的部门工作模式已定，新的部门还处于不断调整中，只要你能证明你自己，证明你有独当一面的能力，机会是很多的。"

又是这句"证明自己有独当一面的能力"，菲菲想，这简直是我的咒语啊。但她还是领情地点了点头，退出了大老板罗瑞的办公室。

苏菲菲一直很佩服她的女朋友们，觉得自己和她们的差距不是一点半点，她没有郑杨杨那样的锐意进取和成熟能干，她也没有林容那样一流的行动力和脚踏实地。但有一点她和她们是相同的，那就是她们做事的标准从来都在自己的内心，而不是别人的眼光。这让她们身上具备了那种传说中主角必备的气质：特立独行。

随着时间的推移，菲菲想升职的野心已经昭彰，在这个过程中，她争抢着干最不受人待见的活儿，也在数次有意无意的闲聊中，向她的大老板婉转地表达她心底上进的意愿。

大老板罗瑞在整个高层变动中，虽说跟对了桃乐丝这个主儿，但也高高悬着一颗心。还好，四处奔走后，他成了那个渔翁得利的人，手下又多了一个新部门，这事让他春风得意了很久。他向来注重人才的培养，这也是桃乐丝倚重他的原因。

苏菲菲这个上进的基层员工他并没有完全忽略过，事实上，他也曾为她的职业上升路径问题操过心。那一次，在整个品牌市场部的高层会议上，桃乐丝提到从总部传来的一个人才培养计划，具体说就是全球的人力资源中心要推出一个全球管理人才培养战略，也就是说要在全球范围内培养出一支职业经理人的管理团队，接受全球市场内的专业培训，然后再下放回各地市场承担新的责任。而这支队伍的人员由各市场来推荐，每个市场需要一名。桃乐丝介绍完后，宣布散会，然后像是想起了什么一样加了一句："欢迎各位向我推荐合适人选。"

这句话在品牌部总监罗瑞的心里泛起了涟漪，他立刻决定留下来单独和副总裁聊两句。

副总裁桃乐丝是一个典型的成功职业女性，她聪明过人，性情宽容，精力充沛且对生活充满热情，让每个见到她的人都被她脸上洋溢的热情所感染。

桃乐丝已经习惯了争分夺秒的职业生活，抬头看了一眼罗瑞，简单地说："我只有五分钟时间，你长话短说。"

罗瑞马上说："我心里有一个合适的人选要推荐。"

桃乐丝问："你说的是苏菲菲？"

罗瑞没有想到桃乐丝竟然说出自己心中的答案，有些错愕地看着桃乐丝。

桃乐丝立刻帮他揭开疑惑："因为我心里的理想人选也是苏菲菲。"

罗瑞又是吃一惊。

桃乐丝补充说："苏菲菲语言能力好，综合素质出类拔萃，最重要的是，她上进，有进取心，所以无疑是最好人选。"

罗瑞连忙说："这也是我想推荐她的原因。"

桃乐丝又说："我知道了，现在这个计划还在起步阶段，估计需要一个月才能正式出台，之后再通知吧。"

罗瑞高兴地说："行，那我先不耽误你了。"

罗瑞退了出来，他想，才华这种东西真是闪闪发光的，连桃乐丝也注意到苏菲菲了。看来，自己以后真要用点心来栽培一下这个苏菲菲了。

这次之后，有那么一两次，为了鼓励一下苏菲菲，罗瑞曾经想过要把这个振奋人心的消息告诉苏菲菲的，但最终，还是硬生生地憋了回去。

他在这家公司服务已经十年了，计划出台被取消这种事情简直是分分钟都在发生，在正式通告之前，还是不要抱太大希望比较好。而且菲菲毕竟年轻，开始抱太大希望，后来如果失望，怕她太过幻灭，影响她在公司的上进心。

果然，一个月后，在一次和几个公司高层一起的饭局中，他听说这个计划被延缓了，原因是公司第三个季度的财报出来，业绩明显下滑，高层决定延缓所有需要高投入的战略计划以缩减开支。

但这个事情却让他注意到，桃乐丝非常关注苏菲菲的成长，罗瑞想这样事情就好办了。

罗瑞决定给菲菲创造一个机会，还是因为一次偶然事件。

那是一个秋天的午后，落叶四处飘零，空气清凉，午后人有些微微犯困。他上天台准备抽根烟，刚上去，听到有人在讲电话，而且好像是在进行一个电话面试。出于好奇，他定睛一看，心里一凉，竟然是苏菲菲。

罗瑞微微吃惊，想到了几个月前和苏菲菲在咖啡厅外面的一次谈话，他不禁开始在脑子里盘算一些事情了。

让女人流泪的男人都不是好男人

十一假期过后，品牌市场部决定进行年度旅游，大家经过几次内部的讨论后，少数服从多数，最终的旅游目的地定在了韩国的济州岛。

创意部的人和旅游公司进行了两次头脑风暴后，决定将此次济州岛之旅的主题定为“致青春”。

于是，在一个空气清新的初冬早晨，二十几个人身着蓝白相间条纹运动衫，脚蹬白色运动鞋，在旅游公司的带领下浩浩荡荡出发了。

菲菲和宁馨儿坐在一起，两个人最近心情都欠佳，有点打不起精神来，一路上几乎是在昏睡中度过的。

到时已是下午，吃过晚饭后，大家三五成群地在海滩边玩耍。一群年轻人坐在一起嘻嘻哈哈做游戏。有人组织玩猜数游戏，输了的人要在大家的要求下表演节目。

第一局输的是左维楠和宁馨儿，众人喊：“要热烈地拥抱，热烈地拥抱！”

左维楠大方地站起来，伸开双臂说：“来，让哥哥抱一抱！”

宁馨儿站得远远的，做了一个冲刺的动作说：“你接得住吗？我要冲刺了！”

左维楠挺了挺腰板说：“好，你尽管放马过来！”

两个人嘻嘻哈哈地撞在一起互相抱了一下。

第二对输的是米亚和素素。

有人喊叫：“钢管舞！钢管舞！”

于是米亚扮钢管舞的柱子，素素胡乱跳了一段钢管舞算是应付了事。

第三对输的是乔正和苏菲菲。

众人顿时怔住了，一时不知道让这两人好呢，还是打呢？

有人提议：“跳华尔兹！跳华尔兹！”

还有人起哄地提议：“深情拥吻！深情拥吻！”

菲菲主动提议说：“让乔正自己说，只要他说，我就配合！”

乔正想了想说：“哥累了，你来给哥按摩一下！”

菲菲一边站起来，一边说：“没有问题，我正好报个仇！”

菲菲走过去，用尽浑身力气在乔正背上按下去，岂料乔正动都不动，好像她的力气白使了一样。菲菲再用力，她整个人都支在乔正肩膀上了，双腿翘起来，好像乔正肩膀上飞着一只鸟一样。众人看了这个场面觉得有点好笑，不禁都笑了。

乔正终于觉出疼来，只一抖动就把菲菲甩下了肩膀。菲菲直接摔到了地上，龇牙咧嘴地趴在地上抱着生疼的屁股嗷嗷直叫。

乔正得意地一边活动肩膀一边说：“你这是要谋害我！”

菲菲站起来，甩了甩双手，还是逞强地说：“反正我大仇已报！”

乔正瞪她一眼，她又反瞪回去。

游戏继续，这回输的是杜雯和郭超明。

两人不用众人提意见，主动说：“我俩深情对唱，深情对唱好不好？”

众人没有意见，于是两人含情脉脉地唱了一首《月亮代表我的心》。

游戏仍在继续，菲菲不合群的个性又发作了，她找了个借口离开众人，一个人拿了一瓶啤酒走到远处的海边，坐了下来。

有人特意带了孔明灯，在远处放着孔明灯。菲菲喝了一口啤酒，也许是夜色太美太温柔，她突然哭了。

她想起了一年前张腾从英国回来，他们在云南的洱海边一起放孔明灯，孔明灯上写的是：苏菲菲和张腾永远在一起，相亲相爱。

她记得那个孔明灯飘得好高好远，那个时候，她幸福得心都要融化了。

菲菲一边想往事，一边喝酒，不一会儿，情绪就慢慢地上来了，她酸楚地想，如果记忆可以定制那该多好。

这边厢，左维楠借口输太多，要去透透气，也走出了人群。

乔正一见左维楠也走开了，顿时有些坐立不安，心神不定地玩了两局，也走了出来。

有人问他：“你也要走啊，再玩会儿呀。”

他回答：“我担心我们家左维楠找不到回家的路呢，我得去找找。”

众人哄笑，不再理他，继续寻欢作乐。

乔正在海边走了很久，终于看到了一个人坐在海边的苏菲菲。

乔正在海边走了很久，终于看到了一个人坐在海边的苏菲菲。

夜色里，菲菲瘦小的背影在微微地颤动，她弱不禁风如一只受了伤的麻雀，瑟缩在那件白色的大衬衫里，在黑色的夜幕里显得格外楚楚动人。

她完全沉浸在自己的情绪里，已经全然忘记周围环境。

乔正缓缓走过去，坐到她旁边，也不看她一眼，说："我陪你喝。"

菲菲猛然吓一跳，一转身，诧异地看见是乔正。不知怎么着，她突然就扑上去在他胳膊上拧了一把，说："你是鬼吗？吓死人了。"

乔正咬着牙让她乱拧，并不躲闪。

菲菲反而不好意思了。

乔正问她："为什么哭呢？谁欺负你了。"

菲菲嘴硬地说："谁说我哭了，我才不哭呢。"

乔正激她："好好好，你不会哭，因为你是女金刚。"

乔正拧开一瓶酒，伸过来，两个人干杯。

乔正说："一个女的哭成这样，只能是因为一个男人。"

菲菲不说话。

乔正又说："让女人流泪的男人都不是好男人，不值得。"

菲菲突然想起，不久前因为一杯咖啡引发的那场战争。她也曾经被乔正气哭，于是问："那你是好男人吗？"

乔正冷笑着自嘲说："你说呢？不过我不会让女人哭，何必呢？大家一起玩就是要开心，我会先把游戏规则说好，如果一个人哭了，那就违反游戏规则了。"

菲菲撇撇嘴，没有揭发他，但也毫不客气地嘲讽他："是啊，你是花花公子，玩得起，和好男人简直是天壤之别。"

"玩得起也得要资本的，像哥长得这么帅……"乔正故意拨拉一下本来很短的头发。

“别臭美了……”菲菲白他一眼。

乔正叹口气：“因为我根本不相信感情，感情这种东西只是一场幻觉罢了，要是信以为真，一旦幻觉消失，必然面目全非，何必要自寻烦恼呢。”

菲菲一时讶异，她以为乔正是爱玩，不想他对爱情竟然持有这样悲观的观点。

菲菲忍不住纠正他：“感情还是真实存在的，只是消失的时候永远不在人力控制的范围内罢了。”

大概是因为喝了点酒——乔正这个人最不胜酒力，他今天特别有倾诉欲望。

“我从六岁的时候就不相信一个男人和一个女人之间会有爱情了，这么多年下来，我身边发生的事情一遍又一遍地让我更坚定这个想法。”乔正一边喝啤酒一边说。

菲菲这时想起，听同事无意间提起，乔正出身于单亲家庭，大概这对他有很深的影响。

菲菲试探着问：“是不是在你六岁的时候，你父母离婚的？”

乔正转身瞥了她一眼：“你知道得还不少啊。”

菲菲不由自主地感慨：“我现在觉得感情在我心里就像洪水野兽，让人很害怕，和它搏斗的结果只能是一身伤，真的是不敢了……”

说到这里，她的眼泪又来了，为了不让乔正看见她的脆弱，她趴在膝盖上抱着腿，把脸埋进去。

乔正打趣她：“你苏菲菲不是一个搏斗的武林高手吗？简直就

是一个金光闪闪的女战士，你怕谁啊，别自我泄气。”

菲菲被他逗乐了，忍不住破涕而笑。

乔正又来一句：“一会儿哭，一会儿笑，那一定是爱上一个人的神经质反应。”

菲菲努力辩驳：“我是觉得自己可笑，也觉得自己可怜。”

乔正不退让：“也就是说你自己是个女神……经。”

菲菲的眼泪又不争气地来了，她不说话了。

也许是受到环境影响，乔正坐过去，把她的头抱在怀里，另一只手拍打着她的肩膀，像是在哄一个婴儿入睡。

菲菲靠在乔正的怀里，大概是受到安慰，坚强的盔甲顷刻卸掉，她觉得自己特别脆弱，眼泪开始喷薄而出，不一会儿，乔正的衣服就湿了。

乔正默默地吃了一惊，他从没有意识到女人的眼泪会有那么多。他情不自禁低低叫了声“菲菲”，有些欲言又止，但语声柔得像水，却沉得像铅，一下子就坠入菲菲心底，原本在哭的菲菲，突然安静了下来。这一晚上就这样过去了。

第二天白天，大家在导游的带领下四处逛，晚上打牌唱歌玩得不亦乐乎。

第三天黄昏的时候，令菲菲没有想到的是，左维楠约她出去散步。

菲菲本性明敏，她不是没有感到左维楠频频的示好。她有些为难了，她对左维楠不是没有好感，只是，这种好感远远有别于爱情的感觉。

论样貌、人品及处事，左维楠也是一名出色的大好青年了，并不在乔正之下。但两人不同的是，左维楠的性子柔和，姿态谦逊，乔正姿态霸道，性子刚硬。两个人的性格里一个是“柔”，一个是“力”，可谓泾渭分明。

有一次，乔正无意中暴露了心底的气愤，他质问菲菲：“你是在我和左维楠之间做选择题吗？”语气里已经显示出自身男性尊严受到了挑战。

菲菲觉得他太过无理取闹，没有理他。但她心里镜子一样明白：她对左维楠可以有好感，但这种好感绝对不可能升级或者发生质变。想到这里，她当即回复了左维楠：我有点不舒服，就不出去了。

左维楠的失望当然可以预料。但哪个成年人不曾失望过呢，菲菲相信他会很快接受事实，并且忘记一切。

再过两天，休假结束。这次集体旅游确实起到了团体建设的作用，比如，苏菲菲和乔正的关系就得到了质的改善。

职场焦虑

林容搬出单身公寓后，菲菲就动了买房的念头。元旦假期马上到来，菲菲盘算趁机再请三天年假，四处看看房子。她一向主张诗意的栖居，这个一百八十度大转变的想法似乎是她开始脚踏实地生活的一种征兆。

郑杨杨极力表扬苏菲菲的这个决定，认为她终于从飘荡的天空坠入人间的土地，开始关心粮食和蔬菜，并且身体力行喂马和劈柴。

长到 30 岁，苏菲菲生平第一次感觉到了现实生活离自己如此之近。她一向心里装满清风明月，不理解为什么人们为了一点小小利益会不惜嘴脸丑恶，争抢得如此难看，到现在为止，40 岁似乎终于明白了。

原来，环境逼人，生活并不容易。尤其是看过几套房子后，好像懂得了柴米油盐贵，人间有多少疾苦。

菲菲的年假申请刚刚提交上去，就获得了莎日瑞的批准，职场生活不如意，她将精力渐渐转向看房。但是，假期刚被批下来两天，公司就临时出了一个重要的项目，市场部副总裁桃乐丝要去法国总部出差，目的是向总部汇报明年整个品牌市场部的计划，于是，各部门立刻行动起来，准备各自的计划。

罗瑞接到工作要求，马上找来三个经理一起商量各自负责板块的内容。在结束会议之前，他特意让莎日瑞留下，点名要苏菲菲负责这个项目的内容营销方案，目的是要给菲菲创造一个锻炼的机会。

莎日瑞觉得疑惑，试探着问："菲菲最近手上的重大项目已经够多，我怕她压力过大，要不要交给王婷来做？"

罗瑞觉得有必要向下属吐露心底最真实的想法，毕竟苏菲菲是莎日瑞的直属下属，于是说："这个项目也算是给苏菲菲出的一道试验题吧，桃乐丝非常看好菲菲，也想创造机会给她，如果她能独当一面，应该让她上一个台阶了。"

莎日瑞心下微微吃惊，立刻明白这是什么意思，她点点头，退了出来。回到自己的办公室，她的心情久久难以平静。

太快了，真的太快了！她自己在公司工作了七年，也是去年才升为经理的。苏菲菲进入公司不到一年的时间，就要升一级，这在整个市场品牌部也是前所未有的。况且，到目前为止，苏菲菲也并没有证明自己具备"独当一面"的能力。

莎日瑞对领导们的这一决定深感不满的原因还在于，她觉得领导们没有把她这个直接上司放在眼里，连象征性地征求自己的意见都没有，自己一点存在感都没有。莎日瑞是个特别注重个人存在感的人，格局如此，也很好地反应在她的处事上。

除去这些外在原因，她的不满还源于对自身的焦虑。她马上四十岁了，做到一家国际性大公司的经理级别已经让她极尽体力、心智和经验之极限。她已经清晰地感受到了职业焦虑正在扰乱她的平静。后生可畏，年轻能干且带着新鲜想法的后辈们时不时闯入她的职场世界，她拿什么和他们拼？除了对项目的熟悉程度和对这家公司的了解，好像已经没有更多能拿得出手的竞争优势了。尤其是刚刚有了一个新生儿，她的危机感更加严重。

自生了孩子后，她感受到了生活带来的最切实的压力。她的老公很不上进，每月那点薪水能养活他自己就已经不易，现在又多了一个柔软的小生命，还有二十年才能还完的贷款，她想一想头就大了。生平第一次，她觉得职业对她如此重要，她不能不鹤唳风声，杯弓蛇影。

不知从何时起，眼前这个苏菲菲突然就和她的老板形成了一种超越级别的信任和关系。想到这里，她烦躁地把头发绑了起来，想厘清这一团乱麻。

无论怎样，老板们的想法已经没有回旋的余地了。所以她只能把菲菲叫过来，向她简单地介绍了一下项目的背景，打算任其自生自灭。

菲菲接了案子后，再次启动了老黄牛模式。开始不眠不休、不吃不喝地干活，工作仿佛成了她的家，这让莎日瑞非常坐立不安。

干了一天后，房产中介的人又给她打电话，给她介绍了一个新开的项目，她承诺过几天到了假期一定去看。

挂了电话后，她才发现自己陷入了两难境地。想起了新项目的执行时间，她才意识到已经没有时间再休假了。可是，房子再不看，估计价格又要上调了，她已经有了血一样的教训。

菲菲想了想，做了一个工作计划表，按照这个时间表，她把原本请了四天的年假改成了两天，并且发给了莎日瑞，请教是否可以这样安排工作的进度和调整自己的休假时间。莎日瑞也立刻回复她，称赞她能以工作为先是非常职业化的表现。

但是困难接踵而来，新项目的推进过程非常艰难。各种新问题层出不穷，最主要是信息流通太不公开。很多次项目相关人员开会讨论项目进展，莎日瑞都自己去参加，并不知会菲菲。项目决策人员独自开会，但执行项目的菲菲一无所知。在这种信息不对称的交流状态中，经常出现大家已经忙了半天，准备了一堆材料，但当请莎日瑞给意见时，才得知最新的信息，然后又返工从头做起。搞得她带着供应商每天做一堆无用功，供应商抱怨连天，她自己也非常沮丧。

菲菲已经感知到她的老板有些情绪，于是说话做事开始异常小心。经过数次教训，菲菲也得出结论，她明白自己做事一向不按章法行事，不是一个好的服从者，但却是个典型的problem solver。所以，她历任老板们喜欢她和讨厌她都有着清晰的理由。

菲菲想来想去，决定把项目目前的进度及遇到的问题写一封邮件发给莎日瑞，莎日瑞收到这封邮件后，一看就明白了菲菲的用意。

菲菲在项目的日程上标明了每个阶段的具体工作事宜，莎日瑞一眼就看出项目返工多次，时间耽误严重。苏菲菲竟然在项目时间上都一一做了记录，这是她没有想到的。这样一来，项目一旦真出了问题，追究起来自己会非常尴尬。于是，在下一次高层开会讨论项目时，她不情愿地叫上了菲菲。

过几日，大的方向终于定了，很快进入执行阶段。

假期已经到来，当白领们飞往世界各地开始摄影大赛时，菲菲带着三个供应商每天熬夜至晚上十点赶方案。

她白天神经紧张地工作，晚上要仔细研究房产经纪人给她推介的房产项目，非常疲倦。在此期间，郑杨杨也一再提醒她："看房子和找男人一样，不可错过良机，一旦认准就得即刻下手，否则结果就是悔不当初。"菲菲在电话那一头已经点头如捣蒜。

郑杨杨在这方面绝对是苏菲菲的导师，她凭借过人的投资眼光，早在房市相对缓和的三年前就买了一套小房子，买的时候也确实咬紧了牙关，四处借贷，用尽人情，压力山大。菲菲和林容还劝她量力而行，别逼自己太狠。

但仅仅两年时间，这套小房子就在房价惊人的增长势头中升值了三倍，郑杨杨又瞅准时机卖掉小房子，不仅还清了所有贷款，而且全款买了现在的八十平方米花园式公寓。再过两年，当菲菲和林容还在想着租一个好点的体面公寓时，郑杨杨已经买了一辆女士小轿车，过上了有房有车的白富美生活，实现了她毕业时候的豪语壮言：三年买房，五年买车。

郑杨杨是所有后辈和同辈们的励志楷模，把人生过成了她想要的样子。每次当菲菲向别人讲述郑杨杨的励志故事时，都忍不住补上一句，优秀的人身上都有一个明显的特征，就是判断力强！所以现在，菲菲每看一个房产项目，都要和郑杨杨商量一下。

有时候菲菲看着郑杨杨也会忍不住有所顿悟：一个人如果平庸好像就会什么都平庸，如果出色就会全部出色，因为只要有一点得到了肯定，就会受到鼓舞，整个人被全盘接纳认可，带动其他层面也向卓越靠拢。

项目终于进入执行阶段，菲菲交代供应商先做初稿，自己跟着房产经纪人开始四处看房。

房产经纪人是个“90 后”，年纪轻轻，但因为职业需要，非常善于和人打交道，说话做事显得非常老练。他带着菲菲四处奔波，耐心地给菲菲介绍每个项目，甚至为了看一个正在施工项目的内部情况，他带着菲菲瞒过了施工监管者的耳目，翻过高高的铁栅栏，越过几米高的水泥墙，偷偷潜入工地，演出了一场真人版的“谍战戏份”。

甚至有一次，为了躲避监工的眼睛，他们竟然爬过两米高的铁梯。日后每当想起这段间谍式的看房经历，菲菲就笑不可抑。

看了两日房子，菲菲触动颇多，最大感受是突然觉得接到了所谓的“地气”。这个过程似乎彻底地打通了她和现实世界的联系，让她的理想化世界褪去了绚丽的外衣。

她感慨地和郑杨杨说：“买房子这一过程绝对是人间百态的缩影，也让人能较为准确地评估自己目前在这个世界上所处的位置。”

郑杨杨同意说：“可不嘛，五年前我就经过这一洗礼了，受了很大的打击，所以后来才拼了。”

菲菲由此又感悟到：可见人在年轻的时候越早经历生活丰富立体的层面对个人成长越有好处。

此时此刻，菲菲正在一个花园式洋房前伫立，她仔细地打量着这个小区，真心是满意。室内的结构设计也非常合理，装修也是她喜欢的巴黎式简约风。关键是小区环境安静优美，设备齐全，她的脑子里不由得冒出一个念头来：住在这样房子里的人应该都很幸福吧！

房产经纪人在旁边职业地给她介绍："菲菲姐，你看，我觉得这个真心非常适合你，这个离你上班地点又近，又靠近地铁，升值的空间也很大，无论是自己住还是投资都是上上选择，另外，你看这个全款是二百四十万，也符合你买房的标准，唯一的缺点就是，首付高一点，要一百二十万。"

菲菲一听这个首付数字立刻倒吸了一口气，心里想，果然幸福没有那么容易抵达。

这个时候，手机突然震动了一下，菲菲一看，顿时大吃一惊，是莎日瑞发给她的信息。

这是一条措辞严厉且粗鲁的微信：菲菲，你怎么休假了呢？你的项目为什么你撒手不管了？你觉得你丢给供应商就可以了吗？你怎么能这么不负责任呢？

菲菲立刻回复过去：我明天就到办公室，还有，我之前这样安排项目是发给过您的，您当时是批准了的。

莎日瑞立刻回过来：我什么时候同意过你这样的安排？而且，这个项目的重要性你自己连一点判断力也没有吗？

菲菲立刻找邮件，终于翻出了她写给莎日瑞的那封邮件，截图发给她。

莎日瑞看了截屏后，并没有平息怒火，她说："菲菲，这说明不了什么，这是你的项目，你的安排要根据你的项目来进行，不能让别人帮你来判断，现在项目所剩时间就这么点，你就应该在项目上，而不是自己休假两天。"

说到这里，菲菲有些拿不准莎日瑞究竟为什么生气了。她的话一点逻辑都没有，如果她让菲菲自己来判断，菲菲觉得执行阶段自己不在办公室是没有问题的，但她又认为菲菲自己的判断是有问题的，如果有问题，她应该在很早的时候就指出问题，而不是以这样的方式来表示不满。

想到这里，菲菲又问："是项目出现了什么问题吗？"

莎日瑞回答："如果项目发生问题，就不是我简单地质问你了。到现在你还是不能明白你的问题在哪里。"

莎日瑞是个做事很情绪化的人，菲菲意识到她的情绪又上来了，和她讲道理是行不通的。

她马上说："我明天就去办公室。"

结果莎日瑞说："你不用来了，这个项目是桃乐丝要用的，明天我自己去看，你正好还有一天休假，你先休假吧，这个项目容不得半点疏忽，我自己来负责。"菲菲看了这句话顿时有些蒙，她已将所有的工作任务都按照时间流程梳理出来了，这两天她不在，但这两天的工作她在不在并不是关键。她不禁想，莎日瑞这是怎么了？

这个时候，房产经纪人正在一边催她赶紧做决定，菲菲烦乱地说："我回去考虑考虑。" 然后匆忙结束了看房子之旅。

第二天，菲菲赶到办公室，发现莎日瑞已经在和供应商讨论方案了。她对菲菲之前确定的结构进行了大幅调整，菲菲发现，莎日瑞这些调整都是没有理由的改动，除了增加供应商的工作量外，对项目并没有什么提升之处。但她不便发言。

菲菲憋了很久，上前问莎日瑞："要不剩下的我和供应商一起做？"

莎日瑞看都不看她一眼，冷冷地说："不需要了。"

就这样，这个项目以一种莫名其妙的方式回到了莎日瑞手上，菲菲再次失去了“证明自己有独立做项目能力”的机会。

还好，百炼成钢，她已没有前两次那么难过了。

第二天起床后，她继续看房，大概是因为这次看房的经历付出了太大代价，为了让其变得更有价值，她迅速买下了五环边上一套四十五平方米的房子，从此成为房贷一族。

就在菲菲买下了四十五平方米小房子的时候，已婚妇女林容和她的老公周大同正在四环边上看房子，半个月后，他们将买下四环边上一套六十平方米的房子，然后再过一年，他们将在同样的位置买下另一套八十平方米的房子。

一切得益于林容的创业成功，他们已成功地走在通往中产的大道上。

我爱的人不是你这个样子

最近，苏菲菲觉得乔正似乎总在她眼前晃来晃去。比如说，她刚无意中说喜欢鱼头泡饼，中午的时候，他就突然从办公室跑出来，招呼大家去吃鱼头泡饼。比如说，她刚提到自己在一家新西兰公司工作过两年，他就说自己最爱的城市就是新西兰，并且对其风土人情如数家珍。再比如，她刚说自己最喜欢的演员是佩内洛普·克鲁兹，他的朋友圈封面立刻就换成了这个女演员……

自那次夜晚的谈话后，菲菲本已打算再也不误会他。但这样的例子越来越多，她不由得暗自琢磨，他这么明显地自我调整，以求和自己建立一致性的目的是什么呢？一种可能性是作为一个花花公子，他习惯于使用这样的套路去吸引有好感的女性；另一种可能性是他确实对菲菲有那么一点潜意识的动心，情不自禁想要和她亲近一些。

具体是哪种可能呢？好奇心促使菲菲打算试探一下。

一日下班时分，菲菲走到一层大厅，发现不知什么时候起，外面已经下起了瓢泼大雨。

她正拿出来手机准备叫车，斜眼瞥见乔正正站在另一边，对面有辆出租车正驶过来，显然他刚叫到了车。菲菲想起了上次乔正主动载她回家的事，又想了想最近他的表现，急中生智，计上心来。

她三步并作两步，跑过去和乔正打招呼："嗨，好巧呀。"

乔正见她少有这么热情，说："嗨，菲菲。"

菲菲笑着说："你能不能发挥一下绅士风度，让我再蹭一次车？"

显然，乔正有些吃惊，他神色慌张地嗯嗯啊啊了半天，说出来的是："你要蹭车呀……那个……那个你家住在哪里呢？"

菲菲一看他这个慌张的样子，心里立刻有了答案，笑着说："和你开个玩笑吓吓你，我的车也马上要来了。"

说完没等乔正反应过来，菲菲已经转身走向迎面过来的一辆出租车。

菲菲一边走一边想：果然有习惯性撩妹综合征啊！

上了车后，她把胳膊支在窗玻璃上，陷入了深深的沉思。她想，答案已经明朗。但让她烦乱的是，她发现自己竟然对乔正抱有隐隐的期待。这个发现让她心神不宁。

她摇摇头，像是要摆脱什么一样，告诉自己："这样最好不过，因为我要找的男人绝对不是那个样子。"这个结论下完后，她没有感到预期的轻松，心口却更加沉重了。

这边厢乔正已经上了车。他吩咐师傅驶往望京处的一栋花园式公寓，事实上，那天他和爸爸说好要晚上回家一起吃饭。

靠在车上，乔正有些心绪烦乱。这种感觉有些复杂，不仅是他拒绝了帮助别人的丝丝歉意，他还想起了上次在车上，菲菲问他的一个问题：你究竟是喜欢我还是讨厌我？此时此刻，他也在车上问了自己这个问题，究竟是喜欢她还是讨厌她？

乔正想了想，有些烦躁。他想结束这种混乱的思维，于是很快对自己说："不可能的，因为我喜欢的女人绝对不是那个样子的。"但说完后，他又觉得有些莫名地难受。他不知道该如何解释自己的这种有点复杂的心情，一路上深深地陷入了这极少有的烦躁。

这天晚餐时，乔爸爸一如既往地准备了一大桌子菜。每一次儿子回来吃饭，父爱都促使他忍不住要把儿子爱吃的所有菜都做一遍，仿佛只有这样，他的爱才能得以表达。

这一天在饭桌上，乔爸爸不由得又提起那个老话题，他小心翼翼地问："你看你刘叔叔家的儿子下个月就要结婚了，你也得抓紧了。"

乔正老实不客气地回答："放心吧，我现在还不想结婚。"

乔父自知自己谈论婚姻一点说服力都没有，沉默了一会儿，叹口气说："也许过两年，你会觉得需要一个人在身边就想结了。"

乔正一边吃饭一边说："我觉得结婚对我没有什么好处，而且结了也可以离，不如不结。"

乔父着急地说："我和你妈离婚是我们两个确实不合适，但是婚姻幸福的人还是占大多数，比如……"

乔正打断父亲："爸，我现在挺好的，您也挺好的，身体健健康康，快快乐乐，咱就好好过日子啊，不说那些勉强的事儿。"

乔父到嘴边的话一下子全咽下去了，他轻轻叹气，知道多说无益。

父子两个又说了些闲话，吃完饭，乔正又和父亲看了会儿电视连续剧，然后起身回到自己的家。

已是初冬了，他穿得少，刚出门，一阵寒意袭来，他忍不住缩起了身子。出租车一驶过来，他便迫不及待地钻进去了。

不知道为什么，他突然想起上次在海边苏菲菲说的一句话："爱情对我来说，特别像一头怪兽，只要一靠近必然会受伤。"

他不禁问了自己一个问题："爱情对我来说像什么呢？"

他想了想，得出了这样的结论："甜蜜的开始，悲惨的结局。"

儿时兵荒马乱的家庭生活又浮上心头，他不由自主地摇摇头，好像本能地想要甩掉什么一样。

中年女老板们的情绪导火索

莎日瑞在接手了菲菲的项目后，首先做的一件事情就是给罗瑞打了个电话。

在这个电话里，她表达了一个中心意思：菲菲在此次项目中管理失控，不仅存在信息把控不全的情况，而且责任心也不够，因为在项目进行到关键时刻，她竟然休假去了。

罗瑞感到有些吃惊，他原本是想借这个项目让菲菲“证明自己有独当一面的能力”的，也是为年底给她升职加码做背书。

挂了电话后，他马上反应过来，这个事情也许与菲菲做什么没有关系，重点是莎日瑞要借此向他表态——她作为菲菲的直接上司，并不同意给菲菲升职。

想到这里，罗瑞皱了皱眉头，事情这样就不好办了，虽然说如果他和桃乐丝有意要给菲菲升职，那是分分钟的事情，但老员工莎日瑞的意见也至关重要。职场是现实的，苏菲菲目前的资历与莎日瑞相比，孰重孰轻再明显不过。

罗瑞的眉头不由自主地皱了起来。他这个位置也确实不好做，栽培新人也得老人同意才行，否则，新人还无法顶起一片天，老人就有了脾气，一大堆事情谁来做？尤其是莎日瑞这种在公司待了七八年的老员工，对公司各项业务了如指掌，哪是一个新人随便就能代替的呢？如果她真要和他叫板，他也得顾忌几分。

莎日瑞已经表明立场，她对菲菲就更不顾忌了，菲菲的日子立刻变得很难过。

事实上，在下一个工作日里，莎日瑞就和她进行了一场非常严肃的谈话，中心意思是：在这个项目里，菲菲展现出了较差的项目管理能力，而且，对项目的理解还有很大的空间需要提高。

菲菲马上意识到，这是莎日瑞在试图压制她，她必须表现出真诚的反省精神和虚心的诚服态度。

莎日瑞在这个谈话的结尾，不知道是心虚还是想在下属面前立威风，她提起了自己辉煌的当年，比如：她如何在一家国际性的agecy仅仅用了四年的时间就从一个基层员工脱颖而出；还有，她如何在三十出头的年纪就谈下了某某公司的项目；最后她是出于家庭的考虑才屈身成为这个大公司的一个小小经理的……

菲菲一边听她回顾辉煌的历史，一边在心里琢磨着莎日瑞这段谈话的用意，以及自己应该表现出一个什么样的态度。最后想了想，还是崇拜的眼神比较合适。

她调整了一下自己，但她天生是个坏演员，怎么演貌似都不怎么像，反而搞得表情尴尬不够真诚。

从莎日瑞的反应中也可以看出，菲菲的表现并没有让她满意。

莎日瑞大概看出菲菲的尴尬，又对自己的自我吹嘘有点不好意思，她回到谈话的源头上总结似的说："菲菲，所以说，出来做事，是要全力以赴的，不负责任的态度是大忌，你明白吗？你知错吗？”

菲菲赶紧点头说：“是是是，我知错了，我明白了，我一定会全力以赴。”

莎日瑞终于以一个女王的姿态赦免她似的说：“你，可以走了。”

菲菲解脱似的退了出来。

菲菲带着糟糕的心情在门口遇到了同样垂头丧气的宁馨儿，两人一拍即合，当下决定一起吃饭吐槽。

两个人在一家日本面馆坐了下来，分别点了两碗面后，都意识到自己不可小觑的饭量和急需获得安慰的心理创伤，又点了一大盘寿司和一盘生翅。

大概也是饿了，两人都有些无精打采，片刻无言，却同时叹了口气。

菲菲一向习惯于苦中作乐，突然失声大笑，宁馨儿也忍不住笑了。

笑了一阵，菲菲说：“来来来，我大方点，你先说。”

宁馨儿一肚子的苦水瞬间逆流成河。

如果说菲菲的女老板不过是一个心胸狭隘、见识短浅的粗鲁女人，所有异常的行为不过是出于保护职业安全的狭隘举动，那宁馨儿这个女老板就真心是有点更年期变态了。

女性在职场上普遍表现出情绪化的弱点，婚姻生活不幸福往往是变异的开端。也怪宁馨儿运气不好，她的部门老板凯瑟就是一个婚姻生活不幸福的主儿。

凯瑟也是个心高气傲的女人，来自中部地区的她年轻的时候也是一个水灵灵的美人，工作上又肯卖力，工作也不亏待她，虽然自已教育背景欠佳，职业上升路径充满坎坷，但靠着惊人的努力和运气总归还是呈现出了曲线上升的路径。

但因为职业要用十二分的力气来应付，她又心气高，所以婚姻大事便一日一日地耽搁下来了。过了33岁，终于遇见一个能勉强相处的本地普通男人。其时，她一个人也打拼得累了，渴望家庭的温暖，于是狠了狠心，就嫁了。

那是一个非常本分的老实男人，在一个国企单位轻轻松松做一份不复杂的工作，人有点儿懒了，所以没有过多的人生追求。性格大剌剌，在四环边上有套不错的两室一厅，他的人生目标就是老婆孩子热炕头。综合起来看，人也不差，只是面对这么个心高气傲的大美女，要说般配，多少有些勉强。

刚结婚时还可以，毕竟都是大龄青年了，风雨飘摇的日子过得有点久，非常渴望家的温暖，刚开始，小日子也算和和美美，但时间一长，价值观差异上的问题就暴露出来了。一个懒男人和一个异常勤奋的女人组合的家庭可能出现的矛盾他们一样也没落下。

最鸡飞狗跳的日子里，凯瑟甚至主动向公司申请去印度分公司轮岗一年，这一分离，倒让两个人终于安静下来了，而且还时不时地充满了小别胜新婚的惊喜，于是爱意又重生。在这样反反复复的状态中，凯瑟35岁时，他们的女儿出生了。

女儿的出生让两人的注意力彻底转移，日子稍稍安稳下来，凯瑟的职业在这个时候又更进一步，进了这家香水公司，成为一个部门的负责人，职业的顺利也让她心情好了很多。心情一好，看身边的人都顺眼，家庭生活又温暖了一阵。但日子再往下过，随着女儿慢慢长大，凯瑟天生心气高，什么都追求超越别人的本性又暴露出来了，尤其在女儿上学这件事上又明显地表现出来。

她送女儿去上国际学校接受贵族式教育，包含各种昂贵培训，比如骑马，语言培养，这样一来，本来不差钱的家庭显得有点捉襟见肘。现实生活逼得她又开始嫌弃身边的这个普通男人，国企工资本来就低，一家人的吃穿用度几乎全靠她一个人，每当想到这里，她就不由得想，要这个男人有什么用！脾气一上来，这话就冲口而出了。于是，难免又是一场口角。

随着时间的推移，口角越来越多，最终，吵也吵累了，两个人索性懒得理对方。这个男人开始时不时地在心里后悔贪图美色娶了这么个同床异梦的人，但他也着实爱这个女儿。之前不是没有想过离婚，但看看孩子可爱的面孔，心就软绵绵一片了。

凯瑟也不是没有想过离婚，只是她这人实在好强，要面子。成为一个离婚女人就意味着婚姻的失败，“失败”这个词是她此生最痛恨的，所以她也拿定了主意不会走离婚路，夫妻俩在这一点上倒是不谋而合。于是，这婚姻就勉强地存活下来了，就像当初她勉强答应嫁给他一样。

但现实生活是无所不在的，婚姻生活的矛盾没有出路，于是，她的脾气就全消化在办公室了。

当然，这年头企业与用人单位也是双向选择的关系，劳动合同讲求的是平等和互相实现，尤其是在帝都这样人人讲求权利和义务的地方，哪个员工也不是受气的主儿。这样一来，她的口碑也不好起来，背后大家都叫她“女魔头”，而且也发生过数次员工和她吵架的事件，吵架后，她还被告到大中华区总裁那里，在高层中她的口碑也变得很差。但一来她工作做得没有问题，二来作为公关部的负责人，她知道公司的机密太多，公司也轻易不想和她翻脸，她的位置就这样一天天保留了下来。

但这样一来，头疼的就是人力资源部的人。公关部的人员流动越快，他们的工作量就越大，因而除了本部门的人，最恨这女魔头的估计就是人力资源部的人了。

宁馨儿在完成了一系列的背景铺垫后，突然问了菲菲一个奇怪的问题："菲菲，你请过病假吗？"

菲菲马上回答："请过呀，我又不是钢铁做成的，我是女人，是水做的。"

宁馨儿下结论地说："嗯，苏菲菲，那看来你也是个没有前途的人。"

菲菲立刻不高兴了，反驳说："国家主席也请过病假呢，你说人家没有前途吗？"

宁馨儿立刻纠正她："你应该感谢我传授你这么有智慧的经验，这是今天女魔头告诉我的一个关于工作的秘密：一个在职业上有前景的人从来都不会生病，更不会请什么病假，因为当你尽心尽力工作的时候，生病完全是'a pill is enough'的事。"

菲菲一听，反抗的本性被瞬间激发，粗鲁地说："胡扯。"

宁馨儿又娓娓道出一个关于"a pill is enough"的故事。

最近，这凯瑟完全是把宁馨儿当个人助理使用了，一会儿支使宁馨儿给她买饭，一会儿又是接孩子，一会儿又是托人带特产。宁馨儿心里早已经给她堆起一座坟墓了，但是脸上还是带着笑说："行""OK""了解"。因为只要她有一点做得不那么贴心和合意，凯瑟就会朝她的工作表现奋力开火。

今天，这“女魔头”又在马上要下班的时候把宁馨儿叫到办公室训斥了一顿，说她上午交给她的英文新闻稿质量不行。

宁馨儿系国外名校毕业，在短短三年的工作生涯中，最得意的职业资本就是英文听说读写都达到一个较少人能及的地步，如果说点其他的她还可以沉默不语，用一句“老板说你不行，你就是不行”来安慰自己，但如果说她英文水平没有达到标准，那还真是有些让她惊讶。

她一时没有忍住，本能地用讶异的目光看着凯瑟，轻声说：“您觉得我哪里做得不好？”

凯瑟见她竟然反驳，立刻动怒，用更高的语声说：“你哪里做得不好要我一点点指出来吗？我既不是你妈也不是你老师，我雇你来是让你来解决问题的，不是要一点点指导你之后才指望你工作的，你懂不懂？我每个月是要付你工资的！”

她说得太快，宁馨儿聚精会神地想要搞清楚她的这团逻辑，最终还是沮丧地放弃了，因为眼前这个主根本不是能靠逻辑搞定的主儿，而是要靠奉承，对她个人的崇拜、付出及无微不至的照顾和关怀。

其实，用不了多久，宁馨儿将会总结出凯瑟做事的一个规律。她自身能力究竟有多大，宁馨儿也只是亲耳聆听过她的自我陈述，并没有亲眼见识过其风采。但凯瑟却总用一句话来表明她的立场，暗示她的高水准职业能力，那就是：“这个东西没有达到我要的标准。”这句话她对她的下属说过无数次，震慑过她的下属。这句话她也和她的供应商们说过无数次，也震慑过她的供应商们。

但次数多了，大家其实在内心隐隐也会产生一个疑问：你的高要求是什么？当然，也有人实在憋不住问出过这句话，但最终结果就是宁馨儿刚才的下场：一顿没有逻辑的臭骂。

工作几轮后，大家渐渐摸出她的规律，她说没有达到她的要求，那就是没有达到，不管她的要求是什么，那就换个思路再给个版本，直到她满意，直到她确立了自己在对方心中的存在感。但奇怪的是，这样在客观上也确实奏效了。因为在她的逼迫下众人需要打起十二分的精神来应付，潜能被激发，所交出的东西也真的是越来越好，众人也只得认了她的蛮横。

此时此刻，凯瑟见宁馨儿不说话了，一副砧板上任杀任剐的样子，自己也骂得上气不接下气了，她便停下来歇了歇气。

宁馨儿本以为终于要收场了，不想呼吸之间，凯瑟已经进入另外一种心境，换了语重心长的语气来回顾当年的光荣岁月了。宁馨儿很难再集中精力听她这番讲了又讲的“我当年……”故事，只能摆好姿态，时不时地点点头，眼睛适时地投射出两束崇拜的目光，然后半个小时后，她带着凯瑟提了不下七八次的“a pill is enough”总则从凯瑟的办公室里出来了。

宁馨儿倾诉完了，说得也累了，她灰心地总结道：“像这样下去，感觉我都活不长久了。”

菲菲立刻活学活用，解嘲地说：“不会的，a pill is enough。”

两人立刻笑起来。

宁馨儿开始一边好胃口地吃着鳗鱼寿司，一边催促菲菲讲她的悲惨故事，好让她也高兴高兴。

菲菲在宁馨儿讲故事的时候，已经飞快地消灭了一碗面和半盘生翅，这个时候抹抹嘴，讲话前先难以置信地摇了摇头，设置了这个故事不可思议的基调，然后指手画脚、情绪激动地复述了故事的前因后果。

宁馨儿听完后，同情地看着菲菲，最终说出一句伤感的歌词来："为什么受伤的总是我？"

这句话适时引发了菲菲的反省，她暗自思忖："为什么受伤的总是我？"她想，受伤的大抵不是总是她们，而是每一个格子间力争上游的女人。就像曾经她很喜欢的一个女总监对她说过的那样："菲菲，其实你所经历的，我都经历过，所以你心里的感受我很明白。"

只是每个人在受伤以后的应对方式各不相同罢了。想到这里，她突然有了主意。

威逼利诱，先攻后礼

菲菲再次失去了“证明自己有独当一面能力”的机会。

她的项目被莫名其妙地夺去，然后又被冠以不负责任的罪名，还动不动就被莎日瑞喊到办公室教训，她觉得也许老天以这种方式向她暗示“在这个地方你不可能升职”，她的忍耐已经到了极限。

三思后，最终她写了份项目总结报告，主要分两点：首先，在实事求是地陈述了项目的起始和推进的各项事宜后，表明自己认错的态度，承认自己在个人项目时间安排上的不合理；其次，表明自己以后努力改进的方法和决心。

这份总结报告写完后，她发给了莎日瑞，同时抄送了罗瑞。

莎日瑞看到邮件的抄送人里竟然还有罗瑞，大为光火。

因为这封邮件菲菲颇为委婉地提到自己曾经做过一个项目计划，并且指出经过了莎日瑞的确认。但这个事情莎日瑞在和罗瑞报告项目失误时却做了有意的忽略。

这一次，菲菲实在高估了莎日瑞的肚量和职业性。日后，她将为她的这个举动买单。

这边大老板罗瑞看了苏菲菲的这份总结报告后，没有太多意外。他原本就猜到了事情也许并不像莎日瑞所说那么简单，果然苏菲菲也有她的版本。

但从他那个位置看过去，事实怎样已经不是那么重要，重要的是老员工莎日瑞对苏菲菲的晋升之路表达了不满，他想这事看来得缓缓了。犯不着为一个基层员工招惹老员工莎日瑞，至于桃乐丝要不要培养苏菲菲，那就看苏菲菲自己的能耐了。

罗瑞已不再力挺苏菲菲，很快莎日瑞就化愤怒为行动，她的报复行动很快就开始了。

首先，莎日瑞已经判定菲菲不具备独立做项目的能力，她的理由是菲菲在项目管理的能力上还需要假以时日磨炼。

其次，她开始经常性地指出菲菲在工作中的一些问题，并美其名曰：培养她。比如，她会突然过来找菲菲，说菲菲的职业性有待提高，原因是她在给其他部门的同事写邮件时，用的是“hi”而不是“Dear”，因为“hi”听起来像是叫人小名，而“dear”用的是大名。

再比如，有一次她找菲菲，说的是菲菲对工作的立场需要加强，因为菲菲在向其他部门提要求的时候，用“请”的频率太少，而在结尾处又用了太多的“哦”，“啊”，“哈”等语气词。

菲菲在没有想到好的对策之前，也和宁馨儿面对她老板一样，采取了同样的策略，凡事只是一个态度：“您说得对，我一定改。”在身体语言上，每次把头微微低垂，准确传达出一个谦卑的接受和改进的态度。

这样一来，莎日瑞似乎也拿她没有什么办法了，斗争的毫无乐趣，不免有些失望。但满肚子的火还在兀自烧着，也不知道该怎么浇灭。

这天，莎日瑞又叫菲菲到办公室谈话。

菲菲神经立刻紧张起来，最近那间小小的办公室简直是她的梦魇。她走进去，看到莎日瑞心情特别好地在摆弄茶道。莎日瑞出乎意料地带着笑示意她坐下。

菲菲马上警觉地问："我哪里做得不好，您尽管指导。"

莎日瑞不自然地笑笑，说："你看，你也觉得自己有很多问题是吧？"

菲菲意识到这是个有陷阱的话题，马上转变话题中心，说道："老板太能干，下属必须抓住一切机会提高自己才能不拖后腿。"

莎日瑞没有回应她，专心地沏茶，脸上带着平静的笑容，今天看似不像是要挑她毛病的样子。

菲菲一时拿不准她的意思，静观其变。

过了一会儿，莎日瑞终于开口说："菲菲，你觉得这里的工作适合你吗？"

菲菲猛不防被这样问，一时不知如何回答，想了想说："我觉得我们的工作挺有意思的。"

莎日瑞带着得意的笑容又突然来了一句："其实，你应该能看出来，除了桃乐丝我管不到，其他的人我还是能管得了的。"

这话说得够明白，意思是罗瑞想升你是没有用的，过不了我这关，他也无计可施。

菲菲又是一怔，想："她这是要摊牌了？"

没有等她反应，莎日瑞启发她，以聊天的口吻轻松地说："菲菲，你看我给你说啊，我们公司之前有一个女同事，真的是个非常能干的多面手，人家现在在一家公司已经做到了总经理的位置，但是吧，在我们这里就是非常委屈，我觉得你和她的情形就很像。菲菲，我也知道，你来这里的级别确实不高，可是像我们这种大公司，典型特点就是晋升非常慢，这确实比较让人心烦，你觉得委屈也正常。但是，这里不给你机会，市场会给你的。你条件这么好，去哪里都应该比这里好。我这说的可都是贴心话了。谁也不会在这里干一辈子，今天我说这话不是作为你的上司，而是作为一个大你几岁的朋友。”

到这个时候，菲菲听出来了，原来，莎日瑞终于耐不住了，是希望她走人。

菲菲突然有点想笑，心想，可见这些天也真难为她了，千方百计用尽，现在这是破釜沉舟最后一招了。

菲菲不忍让她伤心，说：“您说的对我很有启发，我仔细想一想。”

莎日瑞一看菲菲识相，自己没有白费功夫，便眉开眼笑地说：“你刚30岁，正是上升时期呢，可不能浪费大好时光，像我们这些老帮菜，也就这样了，想折腾都折腾不起来了。”

菲菲嘴上也忙说：“您也还很年轻呢，正是职业黄金期。”

菲菲心事重重地从莎日瑞的办公室出来，迎面碰见神色凝重的宁馨儿。还没等她开口，宁馨儿就说：“菲菲，中午一起吃饭？”

菲菲点点头，两个倒霉蛋垂头丧气地走出来。

老了要变成天使，而不是巫婆

两人找了家人不多的地方，心情都很沉重，胡乱点了几个菜了事。

宁馨儿先打破了沉默，说："我辞职了。"

菲菲一惊，猛地抬头："你说什么？你辞职了？"

宁馨儿点了点头，看神色不像是开玩笑。

菲菲语无伦次地说："发生了什么……怎么回事？"

不想，宁馨儿突然委屈地哭了。

菲菲慌忙伸过手去，抓住宁馨儿的手试图给她一点力量。

菲菲安慰她说："你能忍这么久已经非常不容易，你也知道的不是吗？你这个岗位没有人能待过半年。"

原来，事情是这样的。上午的时候，在菲菲被莎日瑞叫到办公室的同时，宁馨儿也被凯瑟的一个手势招呼进了办公室。

凯瑟坐在那张宽大的办公桌后，看见宁馨儿进来后只是微微地抬了一下眼皮，仍然自顾自地在电脑上敲字。

宁馨儿坐在对面，忐忑不安，等待着"女魔头"随时可能的精神失控。

过了大概几分钟，凯瑟推开了眼前的电脑，双眼直视宁馨儿的眼睛问道："宁馨儿，我长话短说，你上次说来到公司后还是学到了很多东西，对不对？"

宁馨儿不知道她究竟想说什么，茫然地点了点头。

凯瑟又说："那你还想不想继续学更多的东西呢？"

宁馨儿又点了点头。

凯瑟循循善诱道："宁馨儿，这个社会有一条最基本的规则，我不说，我担心你不明白。"

宁馨儿对凯瑟这样无处不在的否定已经司空见惯，立正了耳朵继续听下去，她听见凯瑟说："那就是你想要什么，都需要你拿等量的东西来交换，就如同你来公司工作公司付了你工资一样，按理说，你是要贡献的，但是如果你想学，那你就得拿等量的东西来交换……"

宁馨儿屏气凝神等她揭示答案，看她这次要的究竟是什么。

凯瑟顿了顿，声音突然变弱了些，仿佛是底气不足一样，说："宁馨儿，我现在急需一个家庭助理，你愿不愿在工作之余做这份工作？你得到的回报就是我会交给你职责以外的工作，让你得到锻炼。"

宁馨儿顿时睁大了双眼。

如果说之前她能容忍凯瑟的暴躁和公私不分，那是还没有触及她的底线，但让她做家庭助理这个想法确实超出了她的想象力和容忍度。

宁馨儿看着凯瑟，顿了半晌，熄灭了心中的一团火，平静地说："其实，我现在也在给自己物色一个家庭助理，您有没有合适的人介绍给我？"

凯瑟的那张老脸立刻变色了。

宁馨儿站起来，平静地走出了凯瑟的办公室。

过了十五分钟，凯瑟收到了一封来自宁馨儿的辞职申请，惊动不小。她不是害怕宁馨儿辞职，她担心的是另有其事。

听了宁馨儿的叙述，苏菲菲也惊讶得久久不能合上嘴巴。她早听说凯瑟是个“女魔头”，作风各种狗血，没有想到她会如此过分。

当下她气愤地说：“你在写辞职信之前，应该和她大吵一架出出气！然后投诉她，写一封邮件让所有人都知道她的丑陋嘴脸。”

宁馨儿说：“等着吧，这封邮件我绝对要写！”

菲菲感慨地说：“人变老真是一件可怕的事情，好像都变成了老巫婆一样。”

宁馨儿说：“我觉得我还是太年轻了，见的世面少，这回真是让我长了见识。”

菲菲突然想起桃乐丝来，又感慨地说：“同样的年龄，同样的工作环境，她怎么和桃乐丝差那么多呢？”

宁馨儿也若有所思地说：“是呢，在人品方面，她如果有桃乐丝一半就不错了，在工作能力方面，除了自我吹捧，她连桃乐丝的脚后跟都不如。”

菲菲感慨万千：“桃乐丝真是我们职业的偶像，而凯瑟真是一个反面教材。我们老了要变成天使，而不是魔鬼。”

两个人就这样一边吃饭一边吐槽，不一会儿，就吃完了一盘京酱肉丝、一盘炒白芍、一盘秋葵，外加一大碗汤。

菲菲说：“你看工作心情直接会影响我们的体重，真是工伤。”

宁馨儿若有所思地问：“你说有没有不闹心的工作？”

菲菲想了想，说道：“如果遇上性格正常的上下级，而你又不求上进，只求职业安全，那工作就变得不闹心了，这个公司有很多最佳代表，所以人家活得多么开心。”

宁馨儿也说：“好像真是……对了，你这几天怎样？”

菲菲看看她，本想也吐吐苦水，但想了想，和宁馨儿的血腥遭遇比较，自己这点升职遇阻的小杀伐厮打简直就不是事儿，于是就说：“最近还好，等我老板孩子长大点，老公的事业变好点，抑郁症兴许就没了，万事就大吉了。”

宁馨儿忍不住笑了，顿一顿，说：“当初进入这家公司是因为贪图这个轻奢品的行业，觉得女生做会比较有意思，现在想想决定一份工作是不是好工作还有很多别的因素。”

最近也有学妹问过菲菲这个话题，菲菲于是分享所思所感：“我觉得一份好工作就是你所感兴趣的和你所擅长的一致，在精神上你能从中获得成就感，然后在物质上它能满足你所追求的生活品质。”

宁馨儿说：“有道理，那我这份工作就不是个好工作，你看我一点尊重都得不到，更别提成就感了，其他两项还凑合，但这一项简直是负分。”

苏菲菲宽慰她说：“那从另一个角度来说，你重获自由，可以去找自己喜欢的工作了。”

菲菲端起水杯来敬宁馨儿：“来来来，也是好事，庆祝你重获自由！”

宁馨儿到底年轻，立刻破涕为笑。

在宁馨儿将要离职的这一个月里，她的大老板凯瑟突然对她千般好万般爱，不仅送了她礼物，还殷勤地提点她以后的发展方向。宁馨儿有点摸不着头脑。

但随着她离职日渐近，凯瑟终于忍不住，禁不住透露了心事："你走的时候不会投诉我吧？"

宁馨儿瞬间明白了事情的原委。黄鼠狼给鸡拜年，真是没有安好心。

事实上，凯瑟在公司的位置已经摇摇欲坠。高层对她不满，她早已经有所感觉，只是没有想到，上面行动这么快。

高层不是不知道她在公司的所作所为，只是碍于公关部还得她撑着，也是没有办法。现在眼看着她手下的米拉达已经成长，能独当一面，凡事都可以自己应付，更是不把她放在眼里。只等着有个合适理由，怎么打发她而已。

凯瑟也是急火攻心，聪明反被聪明误，若不是她提醒宁馨儿，宁馨儿还真不知道如何出这口气。想到这里，宁馨儿舒服地呼出一口气，心想："等着瞧！"

但一个月后，就在宁馨儿跨出公司大门前的那一刻，她改变了主意。

她想了想，如果她这最后的一根稻草压在凯瑟身上，凯瑟走了后，最大的受益者将是米拉达，而在宁馨儿看来，米拉达也不是什么好人，每天防她宁馨儿像防贼一样，遇到坏事就往她宁馨儿身上推，遇到好事像是打了鸡血一样冲上去。她宁馨儿才不成人之美呢。

于是，凯瑟就这样躲过了一劫。

但人的劫数是一定的。凯瑟逃过了下属宁馨儿这一劫，也只不过延迟了对自身的惩罚而已。

又过了三个月，当宁馨儿正在另一家跨国公司的公关部里悠闲地喝着下午茶的时候，她收到了来自菲菲的捷报："凯瑟被开除了。"

宁馨儿在震惊之余，长长地呼出一口气，她在瞬间恢复了对这个世界的信心，并且以迅雷不及掩耳之势回复道："原来，不是不报，只是时候未到。"

凯瑟聪明反被聪明误，事实上，她亲手培养的下属米拉达也在她的倒台这件事情上发挥了举足轻重的作用，这无异于她干了一件搬起石头砸自己脚的事情。谁让她那么相信自己的好"基因"呢。

职业的几种上升路径

这天下午，也许是受宁馨儿离职消息的影响，菲菲突然感到莫名的窒息。她的心头浮上一种说不出的灰心，前方黑乎乎的一片，她觉得自己好像一只飞蛾一样，四处突围，仍然找不到亮光。

她抬起头来看着办公室的人来人往。米亚正在皱着眉头看电脑，准备明天开会的材料，神情专注。白玲正在吃新买的雪糕，这个享乐主义女孩，一向以标榜“没有追求”而自豪。

王婷正在和郭超明站着聊天，不知道有什么好笑的事情，两人看起来超级开心。

菲菲不由得想：他们有没有想过职业价值及职业发展这些深奥的宏观问题呢？或者他们已经非常明了了？还是他们对现状已经很满意了？

深思一下，她得出一个结论来：从职业的角度看，这个世界大概分三种人，分别可以比喻为“树”“藤”和“草”。像“树”这种人具备独立成事的能力，比如那些企业家；像“藤”那样的人不具备独立成事的能力，但知道如何笼络资源成事，或者依靠组织向上爬；像“草”那样的人就是安于被领导，对一个位置和一份薪水非常满意的人。

正在思想间，猛不防听到一个声音：“在想什么？”

猛一回头，是乔正。

菲菲没好气地说：“你是故意的吗？每次吓死人。”

乔正原本好心放了杯咖啡在她桌上，被她抢白后，气愤地说：“你能不能分清楚谁是好心坏心？”

菲菲不依不饶，故意把脸凑上去说：“来来来，我看看你的心是红的还是黑的。”

乔正看她这个样子有点搞笑，放轻了声音说：“来，去天台聊聊。”

没等菲菲反应，他已经兀自一个人走了。

菲菲只得跟上，一边走一边想起上次他在天台上和杜雯的对话，心想：上天台也是必备节目吗？暧昧也是一种病，得治。

一边想一边嘛起嘴来，眼神也变得怪怪的，待到乔正转身看她时，一眼就看出端倪，厉声问：“菲菲，你对我有意见还是有偏见，你尽管说。”

菲菲看着他，狠狠地说：“你不是让我不要误会你吗？你也不要让我误会你！”

乔正没有想到菲菲会这么说，冷笑了一声：“男同事和女同事一起聊聊天就要误会？大清已经灭亡了这事你知道吗？”

菲菲说：“我不知道，我只知道你要是再和我聊下去，我可能就怀孕了。”

乔正哭笑不得，张开嘴想说什么，最终还是无奈地闭上了嘴。

菲菲闹够了，实在憋不住了，扑哧一声笑了出来。

乔正看菲菲笑得前俯后仰的样子有点好笑，也禁不住笑了出来。

菲菲这一笑，连日来心里的乌云顿时散开去，光亮漏进来，她长长呼出一口气。

乔正问："你干吗每天那么苦大仇深的？"

菲菲答："因为我生活在水深火热中。"

乔正叹了口气，有意点醒她："你也学着伺候伺候人，莎日瑞这个人很野蛮，办公室没有几个人不知道，你干吗和她唱反调？还有，她是个官小脾气大的人，你就哄哄她，当女王一样哄，供着哄，她吃那一套，让她心顺了，不就行了？"

菲菲没有想到乔正是要提点她，不觉心里涌上一股暖流，心想：果然心是红的。

思想立刻反应到行动上，她睁大眼睛看着他："你干吗帮我？"

乔正没好气地说："因为你笨呀。"

菲菲嘀咕道："我笨和你有什么关系？"

沉默了一分钟，乔正喝一口咖啡，又叹了口气："菲菲，你是不是……觉得我这个人特俗特没有追求？"乔正的语气一反常态，犹犹豫豫，显得有些没有底气。

菲菲觉得讶异，正要开口，听见乔正又自言自语地说："算了算了，不说这个了，俗就俗吧……"

菲菲正要张嘴分辩，就看见左维楠和一个同事端着咖啡走上来，正对着她和乔正打招呼，立刻也热情地回应他们。

左维楠和乔正提起总部的一个宣传项目，两人聊了起来，菲菲告辞。

回到座位上，菲菲的脑子里一时又堆积了很多念头，她想起了宁馨儿的事，又想起了上午莎日瑞的那场奇怪的谈话。最后，她决定找她的智囊团们取取经。

这天晚上，她约了林容和郑杨杨在一家西餐厅见面。好久没有见面，闺蜜团都有了新气象。

郑杨杨穿了巴贝瑞最新款风衣，脚上踏着九寸红色高跟鞋，带着精致的妆容和染成栗色的长发一阵风一样地来了，见了菲菲第一句话就是："菲菲，你怎么面黄肌瘦的，要对自己好点。"

林容也来了，竟然也穿了件黄色的巴贝瑞经典风衣，里面穿件白色衬衫，配着蓝色牛仔裤，简洁大方，看着非常舒服。

她双手插入风衣口袋，神采奕奕地坐下来，对菲菲说的第一句话是："离开我才几个月，你就骨瘦如柴了？"

憔悴不堪的菲菲夹在这两个生机盎然的美女中间，立刻觉得自己缩小到无形，失败极了。

服务员拿着菜单走过来，带着标志性的微笑左看一眼，右看一眼，然后递上两份菜单，说："请点菜。"

坐在正中间的菲菲脆弱得竟然被这个动作给伤害了。

郑杨杨眼疾手快，早看出菲菲的情绪，把菜单递给菲菲说："今天姐请客，你们随便点。"

菲菲拿过来，老实不客气地点起来了。

郑杨杨打趣林容说："呀，林容，巴贝瑞的经典风衣穿上整个人的气质马上升级数倍！"

林容回她："你行了吧，我林容奋斗了快六年了才穿上你在毕业第三年就穿的风衣，我还在穿经典款的时候，您老人家早已经在穿当季款了。”

菲菲这个时候赌气说：“明天姐也要去买一件巴贝瑞的风衣！”

没有想到两人一致鼓励地说：“对，你值得拥有！”

菲菲跺着脚说：“你们站着说话不腰疼，姐还有房贷要还呢！”

林容说：“姐也有，姐不照样穿了巴贝瑞经典风衣，关键是态度。态度就是无论如何，姐都不能亏待自己！”

话说林容自结婚后，容光焕发，连带着事业也蒸蒸日上，她的创业项目简单但见效很快。每周组织一次八分钟的单身男女相亲活动，开始的时候因为宣传力度的欠缺，参加的人数并不多。后来，她调整定位，转变为“帝都高校交友相亲平台”，迅速吸引了很多人来参加，再加上她自己也勤奋，把之前和她相过亲的男人们全召集过来，一时间，人数迅速增长，并且成为“林容追求者们的大聚会”。

但这个举动也对她的相亲活动产生了负面影响。因为姑娘们经常会碰到一种情况：男士们聊着聊着就会不经意地说出一句话：“我曾经和林容相过亲。”相亲的姑娘立刻心下不爽，因为被林容淘汰了的人，怎么能指望自己接手。于是，男士们怎么看都显得有那么一点失意，这种情况反而映衬得林容的老公周大同很像一个最终的胜利者。

那些天，周大同越来越觉得自己的女人身上仿佛时时有一束镁光灯照着一样，简直光芒四射，他觉得自己真是天底下最幸福的男人。

这个时候，郑杨杨笑着说：“林老板，做了老板后思想境界也立刻不一样了。”

菲菲拉长脸说：“你看，你们一个自己做老板，另一个是公司请做老板，你们让我怎么活呀。”

郑杨杨当妈的劲头又来了，说道：“其实职业生涯到一定阶段无非是这样：要么你杀出一条血路，在一个不错的平台上做到了很不错的位置，就像我；要么你积累了资源，自己另起炉灶，运气不错的话，也可以杀出一条血路，事业也可以傍身，就像林容；再或者，你不求在事业上有大的长进，你就按部就班，也许走得慢些，但一直在进步就行，我看苏菲菲，你走的是这最后一条。”

苏菲菲立刻反驳：“为什么我要走得慢点呢？我也要快点走。”

郑杨杨回应道：“那你也拼了，不过大公司不比小一点的公司，走得快也得别人让你走，大鬼小鬼一堆，光用成绩说话还不够，还得有人挺你。”

菲菲点点头，然后把自己今天的难题简述了一遍，最后闪着无辜的大眼睛说：“快贡献意见！该怎么拼？”

郑杨杨不正经地说：“能怎么拼，街头火并。”

菲菲不理她。

林容说：“当然不能依了她的心愿，她排挤你你就走。”

郑杨杨说：“不过依你目前的情形来看，你大老板未必会挺你，你要往上升，就必须得过了莎日瑞这一关，但依你的描述来看，她就是觉得你不能走那么快，一来是为她的职业安全考虑，另一方面也是个人的情绪。这倒是也正常，每个上司都得拦着离自己最近的下属，否则人人都可通往罗马大道了，况且你上司确实不是个有水准的人。”

菲菲焦急地问：“那结论呢？”

郑杨杨说：“结论就是你最近先不要轻举妄动，你先观望观望。”

林容说：“那倒是，不是你们副总桃乐丝也对你不错吗？我觉得机会还是有的。”

菲菲觉得听了半天似乎也没有打开新思路，顿时觉得两眼黑漆漆的，毫无希望，于是感叹道：“老天如果注定我是一个失败者，我就不反抗了！”

郑杨杨安慰她：“欲速则不达，此一时彼一时，总会有机会的。这是经验，你要相信血染出来的经验。”

林容感慨说：“女人 30 岁还真是一个坎，30 岁以前吧，苏菲菲每天早上起个床上班都需要人三番五次地叫，每天懒洋洋的，全凭着那点小聪明才活下来。你看现在这个样子，简直是打了鸡血一样，每天脑子里全都是工作，工作，工作，啧啧啧，简直是一场活生生的蜕变。”

郑杨杨一边吸着芒果汁一边说：“那是自然，工作对女人的意义在每个阶段都不一样。刚毕业吧，进个名企让人看着光鲜亮丽，前途无限的样子。过个三五年名不名企已经不重要，最重要的是你在市场上的价值，也就是你之前积累的资本。再过三五年，完全就是资源了，拼技能，除非你的技能是高精尖，否则后辈很容易就迎头赶上，甚至位置也说明不了什么，关键是你所积累的资源，让你能做成什么事情。”

郑杨杨的话让林容很有感慨，她说：“因为创业的缘故，我现在看职业反而有另一种纬度，我觉得互联网时代在根本上改变了工作的形态，而且是更加回归到了工匠精神，因为它把所有的管理方式都变得扁平化，人们越来越强调，你自己能贡献的独特技能或者资源是什么，而靠良好的人际关系来取得晋升的机会越来越少。因为已经不存在沟通壁垒，公司已经成为一个平台。”

菲菲这个时候也感触颇多：“其实，我经常会觉得把所有时间贡献给公司，帮老板实现理想非常不划算，那我自己的理想呢？我为什么不是为我自己的理想来工作呢？”

郑杨杨接着菲菲的话说：“很多人就是因为这种想法才开始创业的，但创业需要破釜沉舟的勇气，做好了失败的心理准备，因为成功的人少之又少。”

林容在这方面最有资格发言：“最主要的是，如果创业，你想做什么？这个想法必须是成熟的。”

菲菲迷惘地说；“我其实挺喜欢目前的工作，我想看看努力一下能不能更上一层楼。”

郑杨杨赞成地说：“对的，在大公司做有大公司的好处，小公司有小公司的好处，创业有创业的好处，最关键是你想要什么。”

三个人就职业生涯的讨论告一段落后，又开始聊八卦。

郑杨杨最近又失恋了，但一点失恋的坏情绪都没有，好像什么都没有发生一样，让菲菲和林容吃惊不已。郑杨杨烦躁地打发她俩：“总有一天，一切都会习以为常，这就是时间的力量。”

“太可怕了，请在一切变得习以为常之前把自己嫁掉吧。”林容睁大眼睛劝告她。

“可是，我身体里充斥着的是野心而不是情欲，所以从不感到寂寞，怎么办？”

菲菲和林容同时喷出一口水来，紧接着一阵花枝乱颤的大笑，引来邻桌一阵阵凌乱的目光。

郑杨杨不理她俩的过激反应，显露出少有的迷惘神色，说：“你们说‘爱’这种东西会不会也是一种有限资源，也会慢慢地消耗殆尽，然后有一天，再也爱不起来或者失去了爱的感觉？”

菲菲不由自主打了个激灵：“好可怕，那我要赶紧谈恋爱。”

林容说：“这就对了，大好春光，黄金单身女郎，不谈恋爱简直天理不容。”

和好朋友们在一起的时光像一剂正能量打入了菲菲的心头，她的心思又开始活跃起来。

只差那么一点点

圣诞节马上来临，空气中开始弥漫着欢快的气氛。菲菲的心情也一点一点好起来了。

一天，菲菲和同事们一起吃午饭。席间，菲菲和乔正又就舒淇漂亮还是高圆圆漂亮争论得面红耳赤，争论到最后已经上升至人身攻击。

乔正说："以你的标准看，你自己就是林志玲。"

菲菲马上以牙还牙："那以你的标准看，你自己还是林志颖呢。"

"我觉得我比林志颖帅多了。"

"嗯，就是你的脸比林志颖的圆多了。"

"胡说！谁说我的脸是圆的，我的脸明明就是尖的。"

"嗯嗯嗯，比范冰冰的还尖是吧？"

……

两人你一言我一语，到最后彼此都鼓了一肚子气，菲菲干脆换了个地方坐，想结束这场幼稚的争论。

乔正故意气菲菲，又换到菲菲的对面坐。

菲菲朝他喊："我惹你了吗？你对我有什么意见？"

乔正挑起一道眉毛来不怀好意地看着她："对，惹了。"

菲菲瞪着他说："什么时候？"

乔正也瞪回去："每时每刻。"

菲菲知道他无理取闹，站起来拿起外套气呼呼地走了。

不一会儿，众人的午餐也结束了，大家开始往回走，乔正和王浩站在花坛边抽烟。

一边抽烟一边闲聊着，突然一个又瘦又高的美女从他们身边走过。

两个人不由得齐刷刷看过去，身板也一下子挺直了，屏住呼吸，目送美女走入旁边的一座大楼。

王浩忍不住感叹："靠，想不到这片写字楼里还有这样的大美女。"

乔正也说："身材够火的，应该是刚来的吧，不知道是哪个公司的。"

王浩遗憾地说："刚刚怎么忘记擦肩而过一下，也混个脸熟……"

乔正吐出一口烟："明儿来蹲点，这还不好说……你看你看，人家美女就应该是这样的，看起来低眉顺眼，优雅端庄，不像有些人，自以为是，飞扬跋扈，还以为自己是林志玲呢。"

王浩知道乔正在说苏菲菲，忍不住笑了，说："其实，我觉得苏菲菲人挺好的，你俩为什么老打架？"

"互相看不顺眼呗，气场不对，不是一路人。"

"我怎么觉得你俩其实挺合适呢？"

"我俩合适？我们现在这样都每天像坐过山车一样，一会儿天堂一会儿地狱，折寿呢。"

王浩大笑。

两个人又闲聊了几句就回办公室了。

乔正回到办公室就去参加了一个跨部门会议，他今天显得有些心不在焉，胡乱发了几句无关痛痒的评论，终于熬到了会议结束。

他去咖啡室拿了杯咖啡到天台透气，一边喝咖啡一边俯瞰着大厦底下的人来人往，有些无精打采。他的目光正在人群中漫无目的地游离时，突然之间，瞳孔睁大，定下睛来，立刻气不打一处来了。

远远地，他看见苏菲菲和一个男生站在花坛边说话。只见那个男生，长得高高瘦瘦，看起来文质彬彬的。但细看了一会儿，看出端倪，他慢慢地放下心来，呼吸也平顺了。看这两人站姿的距离，不像有什么亲密关系的样子，再仔细一看，菲菲一手抱着臂站着，分明是一种拒绝的姿态，更放下心来。

但让他烦躁的是他自己，他发现自己竟然会因为苏菲菲这个自以为是的人而心情起伏。烦躁间，王浩的那句话又在耳边响起："我怎么觉得你俩挺合适的呢？"

然后他的脑海里自动浮现出了苏菲菲那张不可一世、自以为是的脸，心内不由得冒出一句话："我怎么能让她这么个自以为是的人赢呢？我得让她拜倒在哥的脚下才对啊。"

但他太聪明了，紧接着的这个想法更是让他由烦躁变为郁闷了，以苏菲菲这种宁死不屈、不可一世的性格，好像让她来求他、拜倒在他的魅力下简直有些不太可能。那他自己去求她？这个想法一浮上心头，他就不禁浑身打了个激灵，鼻孔里轻蔑地哼了一声。

乔正带着满腔的郁闷度过了一个百思不得其解、又矛盾不已的深冬下午。

这边厢，菲菲也不怎么顺心。

下午的时候，马坚伟突然打电话说要路过菲菲所在公司这边，有点东西要带给菲菲。菲菲绞尽脑汁找了各种理由推脱，但每一条理由都被机智的马坚伟给推翻了，只得答应下来短暂见个面。

十五分钟后，她作别马坚伟，拎着一大袋核桃仁心情沉重地回到了办公室，正叹气的时候，看见乔正拿着一杯咖啡经过她的工位，两人极不友好地对视了一眼，迅速移开视线。

菲菲心想，乔正这究竟是玩的什么套路呢？躲又躲不开，惹又惹不起，问又问不清楚，难道是让自己求着他拜倒在他的石榴裙下？

这个想法一浮上心头，菲菲就自顾自地冷笑了一声，不由得轻声说出来："简直是笑话！"但她的心绪不知道为什么变得很烦乱，怎么都无法自我安抚的时候，她决定给林容打个电话。

林容在听完菲菲的这通关于"他究竟是不是精神分裂"的电话后，忍不住笑了。

她说："其实说句心里话，你们俩挺合适的……"

菲菲本能地反抗："你这是逗我呢，还是找骂呢……"

林容一本正经分析道："你们俩太像了，骄傲，不肯示弱，其实内心都是善良正直的大好青年，又都对感情忠诚。而且你们两个性格都有些极端，很有张力，有柔情似水的一面，也有很暴烈的一面。你们寻找的感情都不是那种一味柔软的温柔乡，也不是一味轰轰烈烈的刚劲有力，一定是两者兼而有之，很少有人的性格能是这样，但你们俩就极为巧妙地凑在一起了……"

菲菲似乎被戳中了痛点，粗鲁地回复了几句就挂断了电话，心绪起伏间，一个人趴在沙发上发呆至深夜。

再过几日，公司圣诞聚会来临。每年的公司圣诞聚会都是全公司的盛大节日。

今年的圣诞聚会订在了国贸大酒店的大厅。这一日，国贸大酒店宴会厅里，衣香鬓影，气氛轻松。

一张宴会桌上，乔正坐苏菲菲正对面，也不知道是受到环境感染，还是心思不由自主泄露，灯光闪烁间，乔正深深看进苏菲菲眼里，柔情荡漾，一动不动。

苏菲菲立刻接收到这股强烈的情感流，不由自主坐直身子，心底哗一声，一句话竟然冒上心头：真的是要开始了？不由得脸有些发烫。别笑她已年届三十还会害羞，在真爱面前，所有人都是自卑的。

他俩关系一向复杂，她不能不有第二个想法，才真枪实弹地干过一仗，今天这是演的哪一出？她不动声色，也看牢他，想看清一点再做其他想法。

事实上，乔正今天没有喝多，他只是在昨晚长长的失眠中做了一个决定：闹够了，都是成年人，不如面对吧。当然，在做这个决定之前，他也经过了复杂的内心斗争。

坐在他旁边的白玲第一时间注意到了这两人今天的异常反应，一颗心提到嗓子眼，把身子往乔正旁边靠了靠，急中生智地说："乔正，我们去那边敬酒，上次那个销售部的王经理帮了我们很大忙，那么多数据人家一样样调出来，我们应当趁今天这个机会，去表达感谢！"

乔正想，也对！他站起来正要走，突然回过头来，头一偏，目光无比温柔地对着苏菲菲说："菲菲，一起过去吧，咱代表部门顺便也敬敬其他合作伙伴！"

菲菲仍不能确定他心意的真实度，但身体已经不由自主地站起来。说到底，也是时机，这一次她愿意承担判断失误要失去自尊的后果，因为爱是那么珍贵的东西。他和她并肩往会场的右侧走，路上迎来无数目光，他们的眼神都在表达一个意思：这两个人应该不是敌人，是情人。这是长久以来他们看不清的一个问题。

突然间，叮当一声，有个东西自乔正西裤口袋里滑出，两人同时循声低下头，都吃了一惊，是一对绿松石耳环，那是在济州岛时菲菲看上但没有买的一副耳环。乔正脸有些红，慌忙拾起。

这个时候，菲菲才发现，霸气的他原来也有难为情的时候。她突然明白，她为什么总是那么容易原谅他。但这副耳环，已打消了她所有的疑虑，她的笑意从心底泛上来，好像是真的。

乔正匆忙将耳环收入口袋，很快恢复神态，又开始露出一向的坏笑："我记性不错吧，就是这个款式吧？"菲菲不动声色，手伸过去死劲捏了一下他的手臂肌肉，两人都有些失笑。那笑是加了很多蜜糖的，甜腻腻的，似乎放在了心坎上。酒敬到第三杯，白玲在后面催促乔正，得准备一下演讲稿了。乔正伸过头来，在苏菲菲耳边轻声说："我一会儿得上台了，你自己先应付一下。"

苏菲菲含笑点头，只觉胸口像有一万只鸟儿在轻声唱歌，神采一下子飞扬起来。

乔正和白玲往外走，今天她倒不在意她离他那么近。

这个时候，苏菲菲注意到左维楠正在另一桌向她招手，隔着厚厚的人墙，很难走出来。她心下有些犹豫，是过去还是不过去？她最近的项目叨扰了左维楠很多，平心而论，她想表达感激。她不由自主往门口看了一眼，看到乔正的身影刚刚消失在门口，便松了一口气，乔正一向有病入膏肓的疑心病。幸好看不见，否则即刻暴发入院。

她走过去和他碰杯，他们这一桌有两个人已经喝多，话太多，非常嘈杂。只看见左维楠的嘴唇在上下移动，听不清一字半句，苏菲菲不由伸过头去听他说话，听见左维楠说："昨天的方案很成功，恭喜呀。"

苏菲菲回应："都是大家的功劳。"

左维楠又来一句："你今天的胸针非常好看。"

苏菲菲打趣道："谢谢！你今天的打扮很像周润发。"

这句话一出口，两个人都笑了。

正咧着嘴巴笑，转头间看到乔正站在不远处看过来，零上二十摄氏度的空调房里，苏菲菲仿佛听见脊背处冷飕飕的寒风吹过，额角立刻沁出细小汗珠。

他们对望两秒钟，看不出喜怒哀乐。

回到品牌市场部这一桌，演出已经开始。

苏菲菲一下就被白玲耳朵上的那一副绿松石耳环晃到眼。

白玲挑衅地说一声："看，乔经理送的，好看不？"

旁边有人说："真配你！"

苏菲菲笑着说："真好看，你们经理想必花了很多心思。"

乔正这个时候开始说话："哪有花什么心思，客户送的，我一个男人要它有什么用？不如送给优秀员工。"

苏菲菲说："对，赏罚分明，还是你周到。"

两个人挂上笑脸，举杯对饮。

什么都没有发生，又好像什么都已经发生了。只差那么一点点。也许是缘分注定的错，也许这就是他们之间的宿命。还有另一种解释是，世事古难全。

得不到的永远在骚动，被偏爱的有恃无恐

圣诞节一过，年底的气氛又热烈起来，菲菲一时心灰意冷，也懒得再想前途出路这些人生的宏观走向问题，又开始懒洋洋地过日子。

随着进取心的减退，她的时间也突然多了起来。在经历了和乔正的那个插曲后，她越发对感情失望。但在已婚妇女林容的劝说下，她也和痴情的马坚伟吃过那么两次饭，看过那么两次电影，看看是不是感情能突然从疲惫的内心中滋生出来。

林容苦口婆心地劝说苏菲菲："要给别人机会，也是给你自己一个机会，感情需要培养。"

说这话的时候，随着创业项目的成功，林容已经成为少数媒体人眼中的资深感情专家，关于她的爱情理论部分已经在社交媒体上疯转。

菲菲知道她的真面目，并不把她的话当真，但因为有事实佐证，她也得参考下她的意见。

话说这天，马坚伟过生日，他约了菲菲。这些天，菲菲明显地感觉到了马坚伟给她带来的压力。她觉得他一颗滚烫的心随时准备

着献给她，这让她恐惧不已。

“马坚伟有什么不好呢？脑门上都写着‘标准好老公不二人选’几个字，你就看不见吗？你知不知道马坚伟这样的条件只要一入相亲市场，那都是炙手可热，炙手可热，你懂吗？”林容恨铁不成钢地劝菲菲。

菲菲不是看不见马坚伟的优点。马坚伟诚实善良，聪明勤奋，相貌周正，踏实可靠，物质生活富裕，对她无微不至，但她对他缺少一种男女之间的感觉，那种爱情的感觉。

她说：“马坚伟很好，这点我很清楚。”

林容白她一眼：“那就得了，赶紧抓住他，你呀，问题就是想得太多。”

菲菲又说：“可是，马坚伟虽然是个好人，但我就是对他没有感觉。”

林容提醒她说：“苏菲菲，你能不能现实点，人是要脚踏实地生活的，不是靠风花雪月过日子的。”

菲菲不想反驳林容儿，但也没有办法勉强自己，她陷入了长长的沉默。

犹豫再三，菲菲还是答应了马坚伟，要和他一起庆祝生日。该给马坚伟送什么生日礼物呢？她一时没有了主意。

对于马坚伟这样正气浩荡的人来说，送给他什么生日礼物都显得过于物质化。最终她选了一本书。果然，马坚伟看到这个生日礼物非常高兴，也不知道是因为是菲菲送的，还是因为确实对礼物本身很感兴趣。

马坚伟选了一个充满了国企员工聚会气氛的老字号名餐厅吃饭，

自备生日蛋糕，搞得菲菲倒有点不好意思起来。

吹过蜡烛吃过蛋糕后，马坚伟脸色变得红润起来，长大了一岁，他显得情绪有些激动。

他大胆地盯着菲菲的眼睛看进她眼底，菲菲四下里无处躲藏，只能乱扯话题。

他只要一张口，菲菲就赶紧用话堵上他嘴巴："你不是说你下周要出差吗？""你不喜欢吃杭州菜是吧？""你刚说什么来着"……

马坚伟看出菲菲的慌乱来，他今天高兴，胆子也变得异常大，一把抓住菲菲的手，弯弯的眼睛盯着她显得有些意乱情迷，终于吐露心声，他说："菲菲，你看我们俩都认识好久了，你能不能坦诚地告诉我，你觉得我怎样呢？"

菲菲难为情地抽回手，又不想让马坚伟难堪，马上说："马坚伟，你能不能让我想一想……"

马坚伟已经显得有点可怜的眼神里立刻又重新充满希望，很乖地点点头："好的，我等你。"说完后，为了表示自己的决心和诚意，他又补充说："等多久都可以。"

这顿生日宴就这样慌乱地结束了。

菲菲不是不恨她自己，像林容说的那样，任何一个女人嫁给马坚伟都是福气，马坚伟具备一个好老公应该具备的所有素质。但她对他没有感觉也是事实。菲菲纠结得想哭。

这天晚上她做了一个奇怪的梦。菲菲梦见她被关在一间很大的房子里，房子里只有她和马坚伟两个人，那是一间富丽堂皇的房子，但不知为什么，明明有宽大的落地窗，菲菲就是觉得窒息难耐。

从梦中惊醒，菲菲惊讶不已。这个梦已经告诉她，无论如何纠结，她都是那么不愿意和马坚伟在一起。

她想长痛不如短痛，她和马坚伟的缘分也就到此了。

马坚伟在收到菲菲最终的决定后，难过得一醉不起。这个一向积极向上的大好青年陷入了少有的消沉。

他找到郑杨杨，让郑杨杨帮他出出主意，看看事情还有没有好转的可能。郑杨杨了解苏菲菲，在感情这件事情上，苏菲菲一向是顽固不化、固执已见，谁的意见也听不进去，她只能抱歉地安慰马坚伟“天涯何处无芳草，何必单恋一枝花”。

但这边厢，菲菲的日子也不好过，工作失意之后，又逢爱情失意。菲菲觉得人生好像永远都在轮回，就在一年前她也是这样的处境，迷惘而疲惫，她的情绪开始一天天低落下去。

一日，人力资源部的员工叫她去面试实习生。菲菲走进面试的办公室，竟然发现乔正也在。两人都没有意料到会这样见面，一时间都有些怔怔的。

自菲菲换了部门，他们的工作已经很少有交集，如果双方有意避开彼此，倒也完全可能，而他们不知出于什么样的心理，确实是那样做的。

而这天的碰面，是因为他们部门分到两个实习生，一个在乔正的部门，一个在菲菲的部门。人力资源部的员工让菲菲和乔正一起面试，以决定这两人的具体去向。

菲菲走过去，在乔正的旁边坐下来，不自然地笑了笑，说：“好久不见呀。”

这句话一出口，两人突然有些伤感。

乔正也说："好久不见。"

紧接着，大概是都要努力打破尴尬，竟然不约而同地问出："你最近忙什么？"

双方都吃了一惊，终于笑了，气氛一下转好。

乔正恢复一贯的霸气，说："女士优先，你先说。"

菲菲正准备说话，一个实习生已经进来了，就闭了口。

该实习生在马来西亚生活多年，大学和研究生都在那边完成，整个人看起来非常具有南洋气质。她长得微微有些胖，说话慢条斯理，嘴唇很厚，又涂了大红唇，看起来非常惹眼。

没等乔正和菲菲开口问问题，她笑眯眯的眼睛已经成为一条缝，轻轻地说："我来先做个自我介绍吧。"

乔正说："Go ahead."

然后这个实习生像是背课文一样一字一顿地说："我出生在福建省长乐市，我的大学和研究生都是在马来西亚读的，我的专业是大众传播和公共关系……"

这个时候，菲菲突然很想笑，她使劲咬着嘴唇，但她越憋反作用力越大，"扑哧"一声她没控制住自己。这个实习生女孩心理素质很不错，并没有很大的反应，反而脸上带了几分笑意，继续她录音机式的自我介绍。

菲菲深觉自己有损职业形象，但她实在已经无法自控，便站起来走了出去。

一出门，菲菲立刻笑得上气不接下气。为了维护形象，她走到一边靠着墙捂着嘴开始大笑，身体抖动得像一片秋风中的落叶，从背后看，会让人误会她是在哭。

大概过了五分钟，乔正也出来了，四下里找菲菲，走了几步，看见趴在墙上的菲菲，看见她笑成那样，不禁又气又笑。

他没好气地走过去说："至于吗，你这是……我真服了你了。"

菲菲已经笑不可抑，眼泪也流出来了，她不理他，捂着嘴巴继续笑。

乔正摇了摇头，忍不住也笑了："你怎么像个孩子一样呢。"

菲菲趁喘气的工夫，完整地说出一句话："你也大不到哪里去。"

乔正一时也不知该拿她怎么办，站了一会儿，说："你好好笑啊，笑够了，咱们再开始下一个。"

这一笑，让菲菲的情绪立刻明快起来了。

但紧接着，下午的跨部门会议上，他俩就又打了一仗。这次是菲菲主动挑起了这场战役。

她一反上午时的笑不可抑，黑着一张脸，好像专门要和乔正过不去。乔正说东，她就说西，乔正说南，她就说北，针锋相对的态度连最神经大条的人也感觉出来了。

乔正一脸茫然，不知道菲菲这是抽的哪根神经。

事实上，事情的起因就在那天中午，菲菲吃完饭去买咖啡，无意中看到了白玲和乔正在一起喝咖啡，两个人还一直有说有笑。菲菲顿时觉得天旋地转，胸口堵得慌，浑身发热。"又在四处留情！你就这样吧！就这样吧！"菲菲恨恨地想，她转身回了办公室，心情久久不能平静，心头的一把火无论如何也无法熄灭。

下午的会议勉强开完了，她回到座位抓起包就下班了。

回到家，她一进门就趴在床上呜呜咽咽地哭个不停，越哭越伤心，像是失恋了一样。

林容正好回来取东西，进门后见状吓了一跳，问清原委后，忍不住又笑起来。

“你干吗因为他哭呢。”林容故意打趣她。

“我哪里是因为他哭，我是因为……”菲菲自己也觉得难以自圆其说。奇怪，菲菲觉得自己好像从来没有这样恨过一个人。

“你不要嘴硬了，你不如承认他就是你稀世罕见的珍宝。”

菲菲不说话。

“菲菲，喜欢一个人为什么不承认呢？你什么时候变成越喜欢一个人越要和对方过不去？”

“我不是不承认，”菲菲哽咽着说，“我就是不想让他太得意，不能让他赢。”

“我觉得你不知道从什么时候起，就退化成一个小孩子了，我该怎么说你呢？”林容没好气地说。

“因为他就是一个小孩子。”

“那你们两个小孩子就好好玩耍吧啊。”林容无奈地说，“前天我还和人交流过一个观点，一般那些天生的帅哥美女在感情上都相当幼稚。因为从小选择太多，太过顺利，所以缺少反省精神，也就没有成长。你俩就是活脱脱的例子。”

菲菲沉默着抹眼泪。

这次的情绪崩溃对菲菲来说也是个意外，她没有想过自己会那么在乎，但越是在乎她心里就越是烦乱。烦乱到极点时，她决定再也不想了。

能控制情绪者方能控制人生

新年过后，香水公司马上又忙碌起来。

莎日瑞见菲菲每天照常上班，似乎没有什么换工作的动向，心下不禁有些着急，言语上有时候也不免表现了出来，比如，她会偶尔提及“年后是换工作的最好时机呀”，或者“我们这种大公司真不是实现个人梦想的地方”……

菲菲嗯嗯啊啊地应付过去，心想：“姐走不走，那得姐自己说了算……”

但事情节外生枝，促使莎日瑞决定行动的是一次偶然事件。

那一日，刚刚担任中国区人力资源负责人的王童木先生给本年度优秀员工发奖金，奖金发送完毕后，他非常职业性地发出邮件通知员工本人。也许是新招来的下属办事不得力，这份邮件也分别抄送了各位员工的老板。重点是这封邮件在无意中泄漏了各位员工的具体薪水数目。不是他心思不够缜密，而是因为他不清楚，这家完全欧美化的法国公司，员工工资向来只有人力资源部员工及部门大老板才知道。

打从看过那封邮件，莎日瑞看苏菲菲哪里都不顺眼。

我的员工竟然工资和我一样！怎么能容忍这种事情在我的眼皮底下发生！她思前想后，觉得苏菲菲对她的态度确实有点不同于其他助理经理，好像有点倨傲，又好像有点距离。应该是薪水上占了上风，所以觉得没有必要尊重这个老板吧。况且，老板们做出这样的薪水安排究竟是什么意思？是要表示新员工苏菲菲的资历和一个经理级别的员工是一样的吗？想到这里，她的愤怒完全转化成了不安。

本来患有轻微产后抑郁症的莎日瑞更加郁闷了。莎日瑞在刹那间已经决定为她的郁闷找个出口。

她最近的日子本来就不好过。经济不景气，去年在中国市场上推出的新品表现乏力，高层的脸色越来越难看，连带着她的老板的脸色也不好看，每天对着三个经理叨叨："解决方案，解决方案！我要可执行的解决方案！"三个经理每天把头点成了小鸡啄米状，大气都不敢出。回到办公室就忍不住拍桌子叫器，然后习惯性地吃下一粒平心静气丸。

她的日子不好过，她的下属自然得分担。她的脑子开始飞快转动，很快，有了主意。于是，在下一周的周例会上，她向罗瑞提出一个提高市场部内容策划案转化率的方案，具体说来就是让两个内容营销主管为各自产品在社会化媒体上的最终数字负责，并且和年终奖金挂钩。

罗瑞最近已经非常头疼，市场不景气，去年全年财报的数字已经非常难看，高层动荡不安，桃乐丝每天奔波在各个会议上，希望找到新的突破口。他的压力也很大，如果桃乐丝在老板那里失势，他也肯定长久不了。所以，他最近最欢迎的就是新计划和新方案。

当下，他听了下莎日瑞的调整计划，总体感觉执行力还不错，而且莎日瑞主动提出与业绩挂钩，也是一个好事，反正暂时也没有其他更好的办法，不如死马当作活马医了，于是点了点头，让莎日瑞先带头试试，算是应允下来了。

两个内容负责人在看到莎日瑞这份新方案时，当下就皱起了眉头，那眉头皱得最深的还是苏菲菲，因为她所负责的产品线原本就是公司才推出不久的新产品，面对的又是高端客户，要她承担数字这明摆着将给她下套吗？

苏菲菲越想火气越是上升，心想，好吧，既然躲不过，只能水来土掩，兵来将挡了。她不由自主地翻出上个星期买的一包瑞士巧克力，思想间已经吃完一大包，火气渐渐平息下去，能量满满的，好了，勇气足矣！她在心里拟好一套话术，然后敲开了莎日瑞的办公室。

当时，莎日瑞正在微信上就老公的不上进问题和闺蜜进行深入的探讨，心情本来就欠佳。看到苏菲菲敲门，不知道怎么着，也许是昨夜孩子闹得太过厉害睡眠不足，恍惚间仿佛看到苏菲菲脑门上打着一串数字，那是她的工资数目，于是又是一阵血压上升。但毕竟是个职业妇女，她轻轻呼出一口气，脸上已经恢复平静，示意苏菲菲进来。

两人拉两句家常，算是有个亲切的开场白。然后言归正传，苏菲菲缓缓说出来意：“您看，莎经理，我觉得您的想法非常好，作为下属我也坚决拥护，只是，因为我是执行者，角度不同，我谈谈我的角度哈，方便您再完善总体计划。”

话说得天衣无缝，莎日瑞没有拒绝的道理，她爽快地说：“那是，你们的意见对我也非常重要，你说，我得好好听听。”

苏菲菲清清嗓门，循循善诱地说：“您看，莎经理，您是知道的，我们整个市场部的业绩是大家共同努力的结果，是市场部、品牌部、内容营销部、渠道部整个产生的合力。如果单单让品牌部来背这个数字，对大家都不公平。品牌部做好了，自己夺了功劳，大家不平衡；品牌部做不好呢？又感到自己很委屈，也影响和大家的合作。品牌部自己不能特殊化，您说是不是？”

莎日瑞既然敢提出这个计划，自然早已经想好了应对策略，她不动声色地回应菲菲：“你说的这些我都同意，内容营销部不能特殊化，各个部门都是平等的，确实是这个道理。但是，你站在我的角度想一想，工作要想执行下去，总得有个具体执行方法对不对？我和你的立场是一致的，你这边做不好，我脸上肯定不好看，你做好了，那是我们部门的功劳。这个销售数字总得有个部门来承担吧，你让产品部承担？恐怕说不过去，产品部说到底要保持独立性，这一点我们同总部也已经达成共识。至于创意部，他们相当于一个内部的 agency，你之前也在那个部门待过，挑不起大梁的。那再说说渠道部，渠道部要采取什么手段推广，这都是大家达成了共识的，再加上如果让他们去背数字，那就得增加预算，这个预算是固定的，也不能形成执行体系。你看，这样看来，内容营销部真得挑大梁呢。放心吧，我是你上司，我不会让你吃亏的。”

听了这种貌似很有道理，但完全经不起推敲的逻辑推理，苏菲菲突然就迷惘了。她隐隐觉得莎日瑞这次在部门内的小改革有点针对她个人，但又觉得有些难以置信，她不过是对她的职业有些不可预见的危险，而且也完全没有实质性的表现，就是再小肚鸡肠，也不至于要如此煞费苦心整治她吧？难道是还有什么其他的原因？菲菲有些百思不得其解。

这样一想，她决定试探到底，于是说："莎经理，您说的这一切，我也全部都同意。设身处地地想，您也不容易。您看，为了这个执行更加有力度，应该让咱们内容营销部和渠道部共同背数字，毕竟我们出的方案，他们要负责执行，这样大家更有动力共同完成目标，毕竟，我们内容营销部不等同于销售部。"

莎日瑞不由得自鼻孔里狠狠地呼气，这么多年的职场经验，能说服她莎日瑞改变主意的下属，现在还没有出生。莎日瑞已经表现出几分不耐烦，直接打发她道："菲菲，你看，各人有各人的职责，你做好分内事就好，我不劳驾你替我出方案，那是我的工作，你明白吗？再说我们只能做部门内部的调整，其他部门怎样哪里是我们能管得了的。我话已经说得再清楚不过，我作为上司建议你，你现在应该把精力放在研究如何提高销售数字上，而不是在这里为自己寻找说辞。"

话已经到了这个份上，菲菲不是不知道，再多说半句，以莎日瑞的脾气，一颗定时炸弹势必会被点燃，她只得带着一肚子火告辞。

为什么？为什么？究竟为什么？难道莎日瑞是要为自己找个替罪羊？可也没有必要呀，业绩不好，内容营销部充其量也就是责任的一个部分，她为什么要挑头进行内部整治？菲菲想来想去，决定私下里打探下口风。

过一天中午，她敲开莎日瑞办公室的门，看到莎日瑞正在一边听音乐一边写 mail，貌似心情不错，于是笑着问一声："莎经理，对面新开了一家港式火锅，据说味道很不错，要不要一起去尝尝？"

莎日瑞这个人最好吃，但今日不知为什么，她却说："我最近有点上火，中午想吃清淡点，就不去了，你自己去吧，谢谢啦！"

菲菲只得说："行，那您也早点吃饭，我先去了。"

这个举动起码证实了莎日瑞对她明显有气，都说女人生育后性情会起伏不定，但也不至于这样莫名其妙吧。

实在无计可施，还是得面对现实，但现实更加让她头疼，她一个内容营销助理经理什么时候和销售数字挂上钩了？想想都觉得荒唐。

下一个 campaign 马上要上线，这一次内容营销部每晚熬夜至十二点下班，为了真正从内容文案的角度带动销售。也为此，苏菲菲在短短的时间里学习了大量的内容营销知识，想看看自己究竟有没有能力挑起大梁。

人生永远不能停止学习，学习是一项极好的优秀品质，危机里总藏着机遇。在每晚的加班餐会上，她这样安慰自己，也这样鼓励她的供应商们。

可是，结果一点也没有超出预料，一个月后线上数据报告已经发送到部门负责人手里，当然，数据并不好看。

苏菲菲看着那份报告，顿时生出一身冷汗。她自那一刻起，才真正意识到，做一个成功的销售需要多么强大的心脏。

这还只是战争的第一场，她心里明镜似的，真正的那一场战役在下一周的周会上。虽然她已经做好了足够的心理建设，但真正在众人面前被宣布自己的失败，她还是挂不住脸。

莎日瑞在例会上用流利的英文婉转地批评了下属的文案水准，并且认定这次不算成功的campaign大部分责任在于内容营销方案的定位问题，而且公布了内容营销与年底奖金挂钩的初步方案。

原本面对不好看的数据，苏菲菲不想解释什么，决定舍出颜面让老板骂一通，解解气就过去了，然后再慢慢打算以后的日子，可是她还是高估了自己的承受力。

她听见自己说："如果您认为靠一个内容营销文案就能带动线上销售，内容营销被赋予了如此重要的职责，那您能否设一个标准指导我们，什么样的内容营销方案是好的？什么样的是不好的？"

其实，众人都看得出来，这是莎日瑞在整苏菲菲，菲菲这样和莎日瑞对着干，于她自己显然没有任何好处。可见，菲菲还是忘记了郑杨杨曾经给她的提醒：能控制自己的情绪，才能控制自己的人生，当然，还有职场生涯。

众人屏气，大家默默地替她捏了一把汗。

静默了一会儿，莎日瑞开口结束了这场会议，她克制自己，用平静的语声说："这个问题不错，会后我会和大家商量，下周一我们开个会，给出一个标准，OK？"

回到办公室时，莎日瑞已经气得咬牙切齿。

失败就是失败，还找什么借口！拿着高出职位许多的工资，就应当贡献高出职位的力量，这不是商业世界应该奉行的准则吗？想到这里，她捂了捂胸口，拿起电话来，决定就供应商刚刚交上来的一个设计方案和他们进行简单的沟通，为自己内心的一把火找一个恰当的燃放地方。

几秒后，坐在杨茹门口的应届生新员工小王被吓了一大跳，因为她听见自那扇玻璃门后传出来了歇斯底里的声音："这么简单的道理，是不是应该由你们老板来教给你们？你们真以为每个月拿十万块的月费好拿是不是？你们以为你们的客户是零智商是不是？交出这样的东西也可以糊弄，究竟有没有智商，你们是在浪费我的生命……"

听到这里，应届生小王姑娘已经坐不住了，她拿起水杯决定躲到咖啡室，一路上她一边走一边想，以后绝对不能得罪她，太可怕了。站在职业生涯的起跑线上，职场新人小王突然觉得前途布满荆棘，心上生出无名的恐惧。

这边厢苏菲菲正端着一杯咖啡从咖啡室里走出来，小王姑娘机敏过人，不管内心如何思虑汹涌，见到前辈立刻堆出笑脸，甜甜地喊了一声："菲菲姐好！"

菲菲一向没有什么架子，看到后辈，立刻报以亲切的一笑，友好地点了点头。擦肩而过的一刹那，应届生小王姑娘瞬间在脑袋里冒出一个问题："真要在职场上往下混，应该以哪一种类型为职业榜样呢？苏菲菲这种优雅温柔型？貌似她最近经常被她的上司欺负，她的上司带三个人凭什么只欺负她？估计是太好脾气太过软弱。做莎日瑞那种彪悍勇猛类型？她禁不住浑身打了个激灵。还是别了，虽然人人都以笑脸对她，但看得出来，还真是因为那个位置，背后大抵相隔着五米远都避之唯恐不及。想到这里，职场新人小王姑娘抬起头看了看午后明晃晃的阳光，突然就迷惘了。

此时此刻，苏菲菲正仰身靠在椅子上，感到了近一个月来少有的轻松。

但转念一想，自己真心是不能逆来顺受，别人当你是一团面，怎么揉都可以。无意中她抬起手来摸了摸最近满额头前仆后继冒出来的青春痘，压抑数日的脾气终于上来了，大不了走人，天下之大，干吗要在这里为这等人毁我容颜？多划不来。想到这里，她狠狠地喝了一口咖啡。

在一个粗俗的世界里优雅地活着

菲菲隐隐觉得她和莎日瑞之间已经快到摊牌的时候了，有些想找大老板罗瑞给点建议，但几次微妙的对话下来，发现罗瑞在这件事情上已不打算插手，这和菲菲自己的判断也一样。

看来能不能闯过这一关，她只能凭运气了。

新的一周马上到来，走进那间窄小的办公室，苏菲菲已经感觉到气氛不对。只见莎日瑞正西装革履地坐在办公桌后面，严肃而职业地看着苏菲菲走进来，她的旁边坐着渠道部经理。

苏菲菲在他们对面落座，从旁观者的角度看过去，她们的姿势已经代表了一种审判与被审判的关系。苏菲菲暗吸一口气，看来，这是一场不是你死就是我活的战役了。

千想万想，还是没有想到莎日瑞会说出这样一番话来："菲菲，关于你说的标准问题，我和罗瑞已经做过很多探讨，结论是，我们还是以数字来说话，最终的数据好就是好文案，最终的数字不好就是文案不好，不知道你对这个结论满意不满意？"

苏菲菲倒吸一口气，她负责的这个产品线本来就是新品，之前大家努力了半年也没有什么市场转好的迹象，难道这是在给这个产品未打入中国市场的失败寻找替罪羊？想到这里，她多日的委屈一下子涌上胸口。但关键时刻，她顿了顿，又问出另一个问题："莎日瑞，我其实一直都没有完全理解，内容营销应该为销售数据负责的逻辑是什么呢？"

莎日瑞拿起咖啡喝了一口，显得非常不耐烦地说："菲菲，这个逻辑我在第一次开会的时候已经提到，我再最后说一次，产品营销已经发展到了内容营销的阶段，既然是内容营销，文案来对销售结果负责，也是合情合理的。"

菲菲等她话音一落立刻开口道："既然我们的整个营销手段变成了内容营销，那就应该赋予内容部更多的资源是不是？如果以目前的状况来看，让内容营销部挑起内容前端的重任，是不是整个市场部都需要在架构上做出调整呢？还有，关于用销售数字来判定内容营销文案的优劣这个标准，如果给内容营销部门更多的资源，那我可以承担这个数字，另外，您不是不知道，我们整个市场部为了这个新产品能上线已经花费非常多的心血，但是结果呢？并不理想。为什么会认为只要让内容营销部担这个责任，市场前景就一下子会好了，这个背后的逻辑你们觉得有道理吗？"

情急之中，苏菲菲把大学辩论会上所学的那点本领全部重新启用，莎日瑞一时被菲菲的逻辑驳得哑口无言。想了想，语气稍微缓和了一点，找了个高姿态来打发菲菲，说："菲菲，我知道让你背数字你压力大，但压力也是动力，遇到挫折要想解决办法，而不是想着改变游戏规则，你同意吗？如果这一次我们内容营销部能凭借一已之力扭转新品的市场状况，那菲菲你就是市场部的功臣，你的职业资本就不可同日而语了，公司绝对不会亏待你。”

菲菲说：“您说的我全同意，只是有一点，我能力确实不够，如果我带着两个供应商的团队就能把一个新品的市场前景给扭转了，那我就不会处在现在这个位置上了，是不是？我这是叫有自知之明，知道自己几斤几两，为公司省钱省时间，不要用错了人。”

最后一句话的口气明显带了几分怒气，莎日瑞脸上挂不住了，她的怒火直接泄露了她心底最真实的想法：“菲菲，你得知道当初公司是高薪请你来的，公司付超出你职位的薪水就是希望你产生超出职位的工作结果，你懂吗？”

菲菲到这个时候终于明白了莎日瑞这把火是如何烧起来的了，原来是对她的薪水不满意，她也是到这个时候才知道，自己的薪水在同级别中属于高薪。

她对这种个人泄愤式的做法更觉得不公平，于是说：“公司付我高的薪水，不是也没有给我同等的职位吗？现在的要求我不是不接受，但为什么要和年底业绩挂钩？这种要求就不是对我的职位的要求。”

莎日瑞感觉自己气血上涌，马上要爆发了，她强忍了忍，粗鲁地说：“会没有办法继续了，你先出去吧。”

菲菲退了出来，刚惊魂未定地呆坐了十分钟，莎日瑞一个电话打过来，态度非常强硬地唤她到办公室。

不出所料，两颗原子弹终于爆发了。两个人太急于发火，以至于忘记了要把办公室的门关严实一点，玻璃门可能受到了声音的强大冲击，自动打开了，于是，全办公室的人都屏息凝神，一动不敢动。

所有人都听见了他们的对话：

“我通知你是告诉你结果，不是要和你商量，到此为止。”

“我作为执行者有权发表意见并获得协商余地。”

“我已经说了，到此为止。你是不是给脸非不要？”谈话逐渐往泼妇骂街的方向发展，众人虽然紧张，但听得兴致大涨。

“我也已经说了，我不接受这样单方面的结论。”

“如果我能在市场上找出一个内容营销来为销售数字买单的案例，你以后把你高出旁人的工资都给我行吗？”说到这里，莎日瑞已经怒不可遏，她叉着腰站在办公桌后面，甚至情不自禁地拍了好几次桌子，泼妇骂街的本色暴露无遗。莎日瑞拍着桌子继续咆哮：“你敢不敢？敢不敢和我打个赌？你拿着比众人都高的工资就应该承担责任，你有什么脸反对？”

苏菲菲已经明显感觉到自己已成为马戏团中的一员，在接受玻璃门外所有人的观看。她顿了顿，呼出一口气，极力让理智克服了冲动，平静地说：“这里不是赌场，这里是职场，我不想和你吵了。”

说完，她走出了那道怨气重重的玻璃门。

当晚，她就拟好了辞呈。但她在决定辞职前，分别给她的两位闺蜜团成员打了电话。

郑杨杨没有接听，菲菲猜测她太忙，自进入那家土豪金融公司后，郑杨杨就开始行踪不定，而且好像也没有什么私人时间。

林容在电话里教育了一下菲菲：“菲菲，你怎么能轻易地就辞职呢？你知道不知道为什么你聪明又勤奋，但走得并不快？”

菲菲在电话这头老老实实地摇头，回答道：“不知道。”

林容直言道：“就是因为你孔融让梨学得走火入魔了！因为你遇事永远不是迎难而上，而是逃避！每当别人和你争什么，你都态度大方，高高在上地让出来，永远都不会扑上去和人抢，一来你怕抢的姿态太过难看，二来你总会想，我还有很多选择，我没有必要这样。你知道吗？就是你的选择害了你。那些在一条道上走到海阔天空的人，都是无论遇到什么，觉得自己没有退路，一定要闯过去！行了，我不说你了，你好好就此反思一下吧，总得吃一堑长一智。”

菲菲确实想了很久。她到这个时候也才肯正视自己这个致命的职业弱点：逃避。她逃避不是因为她害怕，如林容所说，她总是觉得不值得，那什么才是值得呢？她困惑了。

在经过了一晚上深刻的反思后，苏菲菲删除了那封辞职邮件。但这件事情也让她在格子间的日子越来越难熬。

格子间不是一个讲对错的地方，而是一个讲利益的地方。大家看她和自己的老板闹翻了，再也没有人乐于和她走得近些，她到这个时候，突然开始怀念起宁馨儿来了。

但以菲菲的心性，她既不怕得罪人，也不怕被人孤立，更不想在这么个基层职位上动脑筋浪费精力，而是一心只想着一个问题：路在何方？

不想，乔正却真正让她伤心了。

那一日，大家在商量新品的传播方案，菲菲代表线上团队提出的意见被她的老板毫不客气地全部推翻。紧接着，乔正又补刀，言辞激烈地把菲菲的意见批得一无是处。

菲菲当下诧异，即使乔正真的不同意自己的意见也没有必要这样大张旗鼓，态度强硬，真想不到乔正会以这种方式在这个时间点上和她划清界限。又一想之前自己对他的心意不禁想仰天长笑，笑自己太过幼稚天真，笑生活欺人太甚，也笑芝麻大点的利益竟然足以见人心，世事真讽刺。她不免一下子看低了他。

但乔正的举动却越来越让人困惑。他明目张胆地气菲菲，不仅故意和刚来的实习生在菲菲面前调情，还频频向杜雯和白玲示好，挑逗得身边的美女个个春心荡漾，满脸潮红。

菲菲对他已经心灰意冷，装出完全不在意的样子，并且时不时还推波助澜一下。那姿态一会儿好像在说，孔融让梨我学得最好，所以我不介意的。一会儿又好像在说，和我没有半点关系。可实际上，她已经气得快要绝食了。难道他真的是那种除了征服欲再没有半点真心的渣男？难道他真的是那种为了一点蝇头小利就逢场作戏的小人？

菲菲的冷漠又惹得乔正更加气急败坏，变本加厉，以至于在工作上开始处处和她过不去。

菲菲觉得乔正太阴险，心底的一腔恨意涌上来，无处发泄，于是打电话给林容抱怨。

林容哈哈大笑，点评说："你们俩好像都对对方恨之入骨。"

菲菲回答："我真想辞职，我一分钟都不想看到他。"

林容又笑，只说一句："爱恨相随。"

菲菲反驳："我的恨类似于杀父仇人那种，是纯粹的恨，不是杜十娘式的爱恨交织。"

林容哑然，感觉这两个人真像是在演八点档的电视连续剧，只是结局怎样，好像不在套路之内。

这边厢乔正也气得心神俱焚。他的占有欲在这件事情上完全被激发。

那一日，他得知菲菲和莎日瑞的办公室战争，本想在下午的时候叫菲菲去天台聊聊天，不想去叫她时，看到她和左维楠的身影刚好消失在电梯口。

乔正想都没有想，就坐下一部电梯跟了过去。在大厦下面的星巴克里，乔正看到了自己最不想见的一幕。菲菲低着头，大颗的眼泪流下来，左维楠在旁边递上一块手帕，并且时不时拍拍她的肩膀，以示安慰。

乔正内心的小火苗"腾"一下就蹿上来了，他本想走过去拉起她，然后臭骂一顿，但背后有人突然叫了他一声，他转身，竟然是大老板罗瑞。

罗瑞着急地叫他："乔正，桃乐丝正在四处找你开会呢，是总部的一个突发事件，你快去她办公室。"

犹豫间，乔正扫了眼星巴克的方向，惊讶地发现那两个人已经消失不见，只得一步一扭头地回去开会。

从那以后，乔正就一直与苏菲菲过不去，尤其是她最近表现出来的冷漠态度，更是让他心头的这把火越烧越旺。燃到极点时，他甚至派下面的人给莎日瑞送过咖啡，以示他对她折磨苏菲菲这件事完全认可。

但另一方面，他又忍不住想："难道她和左维楠之间真的有什么？难道她真的是那种处处留情的绿茶婊？"

最终，他把极度的矛盾心情全部化为对苏菲菲的一腔恨意。而这腔恨意就在一个黄昏终于上升为一场激烈的冲突。

那一日，菲菲和左维楠正各自端着买来的外卖有说有笑地走进大厦，准备晚上加班。乔正迎面走来。

他微笑着和左维楠打招呼，完全无视菲菲的存在。菲菲不在意，面无表情地从他身边走过，在电梯旁等左维楠。

不一会儿，左维楠跟了上来，电梯门开了，就在菲菲抬脚要迈进去的时候，一双有力的手从后面伸出来，把她拉出了电梯。她惊慌地转身，看到了乔正那张因愤怒而扭曲的脸。

菲菲立刻甩开他："你干什么？"

乔正一双眼顷刻间向着菲菲射出一万道锋刃。他咬牙切齿地说："你每天跟着左维楠干什么？你是不是觉得左维楠能帮你，还是你喜欢他？"

菲菲到这一刻才惊觉，他竟然把她想得那么龌龊，一瞬间，置气说："关你什么事儿？"

乔正立刻爆发了，一个巴掌打过来，菲菲手里的一盒饭撒在了地上，饭盒跑出去老远，周围的人不禁停下来看他们。

乔正瞪着她说："还每天一起吃晚饭，你怎么不和他回家吃呢？回家吃是不是才是你的目的？"

菲菲的脑子嗡嗡地响，眼泪大颗地落下来，她也忍无可忍了，走上去推了乔正一把，说："对，你全说对了，就是这样的，可是关你什么事儿？"

左维楠看菲菲没有上电梯，不禁有些好奇，忙搭另一部电梯走下来，不想被眼前的景象吓了一跳。他走过来拉开两人的距离，对乔正说："乔正，你误会了，我和菲菲都是桃总学习小组的成员，我们最近在做一个学习小组的建设模型，所以每天一起加班。"

菲菲顷刻间消失在电梯口。

乔正语无伦次，顿了顿，恼羞成怒地质问左维楠："你为什么老缠着她？"

左维楠说："你误会了，我们真的只是好同事、好朋友。"

守得云开终见月

那次电梯口事件以后，菲菲和乔正都沉默了，大有老死不相往来的意思。

但在马坚伟的那件事情上，菲菲仍然时不时地会自责，为了缓解这种自责，她曾经试图打电话给郑杨杨寻求帮助。结果发现，郑杨杨也正处于少有的六神无主状态中。

郑杨杨自进了那个挥金如土的华尔街之狼的世界，每日都在大开眼界。但聪明的她很快不安起来。她觉得公司的赢利模式非常可疑，大笔的资金在进来，可是投资项目很让人怀疑，有那么多的产出吗?

菲菲听了郑杨杨的分析后，也觉出问题，她提议道："要不你向小李子打听一下，让他分析分析，毕竟他是学金融又是做这行的，比我们懂。"

郑杨杨觉得菲菲说得有道理，于是匆忙挂了电话去找小李子。

菲菲的求安慰变成了安慰人，她的愧疚感只能慢慢自我消化了。

在菲菲深陷职业危机时，郑杨杨已经在职业的人身安全边上徘徊了很久。

那一天午后，菲菲无意中翻看新闻，顿时睁大了眼睛："易银宝疑陷旁氏骗局，公司被查封"。菲菲立刻查询所有相关资讯，一时惊慌起来，网上的消息一条条让人触目惊心："易银宝深陷旁氏骗局,公司负责人被抓""易银宝骗取千亿资金,公司高层被调查"……

菲菲想起前两天给郑杨杨打电话一直打不通，顿时紧张得大气都不敢出。她迅速跑到天台，按下了郑杨杨的电话，但电话打了又打就是没有人接。

这个时候，林容的电话已经打了过来。林容和菲菲一样，在看了新闻后联系不上郑杨杨。万分焦急中，两人当即约定下班后第一时间在郑杨杨家里见。

晚上七点，苏菲菲和林容在郑杨杨家门口把门铃按了又按，那扇门毫不留情地拒绝了她们。两个人正忧心忡忡、六神无主地准备离开时，门开了。

她们看到一向神采奕奕、妆容精致的郑杨杨一头乱发，形销骨立地站在她们面前，睁开仿佛已经多日没有见过太阳的双眼，他们一时被惊得，以为天地已经换过。

原来，随着郑杨杨对业务的深入，以她聪明的头脑已经觉出问题。但开始的时候，在巨大的物质诱惑面前，她一直抱有侥幸心理，暗暗安慰自己也许想得太多。最终，让她下定决心离开的是她的老板要送她一套三环内的房产。郑杨杨从小接受的是"劳动创造价值"的三观，这种不劳而获的美事实在超出了她的想象力。郑杨杨深信大凡好的不像是真的这种事大抵不是真的。

于是，郑杨杨暗中找专业人士小李子帮忙，想看看公司的经营是不是存在问题，这一查，她的心脏差点跳出来。

果然，就在郑杨杨离职后的第六天，派出所的人登门拜访，要她协助调查易银宝涉嫌“旁氏金融骗局”一事，郑杨杨才得知终于出事了，她庆幸自己未曾涉入公司太多事宜。

但派出所的调查仍然让她有种如临深渊的感觉。她从小到大都未曾因私事踏入过那个地方，现在竟然成为被调查人。郑杨杨如五雷轰顶，精神顷刻间濒临崩溃。所以，她现在最害怕的就是听到电话声。

郑杨杨气息微弱地述说着前因后果，端着茶杯的手却颤抖不止，如同一片风中的落叶。菲菲忍不住走过去抱着她，这个人生战场上的“常胜将军”突然之间脆弱得泪如雨下。

见此情此景，做了郑杨杨近十年闺蜜的苏菲菲和林容一时惊得说不出任何安慰的话。与此同时，她们心知肚明，为什么在这样关键的时刻，郑杨杨没有向她们求助或者至少是倾诉，而是选择了独自面对。因为她好面子，又要强。

郑杨杨一向是她们三人中的大姐大，不仅万事搞得定，而且似乎早已练就了金刚不坏之身，不想，在人生的上升期，走得太快，差一点点就迷失了自己。

屋子里安静得只剩下郑杨杨轻微的哭泣声。过了一会儿，菲菲安慰她道:“杨杨，你看你还是那个人生赢家，你还是比所有人都清醒，早一步退出了陷阱，你还是那个聪明无敌的郑杨杨。”

林容也劝道：“郑杨杨，不过是多了一些人生经验，你还不是你吗？资本还在，什么都没有变，阅历又增加了，怎么说都还是好事。”

郑杨杨越哭越凶，可见这件事情对她心灵的影响有多么严重。

之后，林容和菲菲又陪着郑杨杨接受了几次调查，办案人员终于确认郑杨杨和整个骗局没有太多关联，郑杨杨得以清白脱身。

但自这件事情后，郑杨杨消沉了很长一段时间，人生的这次触礁似乎对她长久以来的价值观产生了巨大的冲击。

尽管林容和菲菲三番五次地拉她出来散心，但她都表现出一副大病初愈的萎靡状态，这让她的闺蜜们担忧不已。但凭着对郑杨杨的了解，林容和菲菲认定了雨过天晴后，郑杨杨仍然是一朵再生花，绽放在黎明后的初雨里，愈发芬芳，愈发耀眼。

郑杨杨的危机终于解除了，菲菲也终于迎来了职业生涯的一线曙光。

那一日，在去吃饭的路上，菲菲碰到了桃乐丝，在恭敬地打过招呼后，刹那间她有了一个主意，决定和桃乐丝聊聊天。于是，她问桃乐丝："如果您方便，我很想和您一起吃饭，聊聊天。"

桃乐丝本有此意，但一般下属单独和她相处都显得有些紧张局促，她也习惯了高高在上，不便邀请。没有想到菲菲今天主动开口，她立刻高兴地应承下来。她们在一家港式餐厅里坐了下来，点了一些清淡的食物。

桃乐丝问了问菲菲来公司以后的职业感受。菲菲也正好聊了下自己的职业困境，觉得自己找不到突破口，真诚地希望桃乐丝能给自己一些建议。

桃乐丝是个思想非常开放的成功职业女性，很乐于看到下属的成长，于是和菲菲讲了职业发展中很多关键性的点。菲菲觉得桃乐丝给她的提点非常宝贵，简直就是醍醐灌顶。因此，她神情异常专注，点头频频。

桃乐丝对菲菲的领悟能力也很满意，心想虽然有些小傲娇，但综合素质非常不错，还是值得培养的。

自这次愉快的吃饭经历以后，桃乐丝经常会过来叫菲菲一起吃饭。这一大一小的两个忘年交，一个愿意教，一个愿意学，相处十分愉快。

这种状况被罗瑞和莎日瑞看在眼里，也因此菲菲的日子立马好过了不少。

本来自那一次菲菲和莎日瑞争吵以后，两人关系如履薄冰。

莎日瑞要把菲菲的绩效和奖金挂钩，菲菲只能让她挂，表现出一副任剐任割的状态。她想逼菲菲辞职，但菲菲不辞，她一时也没有更多办法，两人的关系就这样一日一日地僵持着。

但自从桃乐丝和菲菲的友好相处为众人所见以后，莎日瑞的态度立刻一百八十度大转弯。尤其，菲菲又加入了桃乐丝的内部学习小组。

她有事没事地就和菲菲说上那么一句："菲菲呀，我也是为你好，你只有经过严格的训练，才能担得起更加重要的责任。我有时候是急了一点，你看我手上这么多事，就是希望你成长得快一点儿。"

菲菲也领情说："是，我觉得经过这段时间的训练，我确实学到很多东西，您还是得继续指导呀。"

但她心里想的却是："你不是说除了桃乐丝你管不到，其他人你还是管得到的吗？还是你指的明路，姐我就搬来了桃乐丝。"

日子就这样太平起来了。

一日，终于传来了好消息，苏菲菲终于守得云开见月明。

那是一个初春的下午，太阳明晃晃地照着，初春的风在四下里乱窜，北京的春天经常显得有些精神分裂，却别有一番情趣在里面。

春困秋乏一点也没有影响到格子间人们昂扬的战斗力，菲菲正在埋头看供应商交上来的新方案。这个时候，罗瑞笑吟吟地走过来，亲自唤菲菲到办公室说话。菲菲预感到有好事会发生，心情很好地紧随着罗瑞走进了办公室。

总部人力资源牵头的全球人才培养计划终于正式出台。

桃乐丝在得到通知后第一时间把这个消息告诉了罗瑞，因此，苏菲菲成为这个人才培养计划的亚太区两个代表之一。根据计划，苏菲菲将和来自其他市场的十个代表一起参加全球六大地区的市场培训和考察，并且在一年后接受新的岗位。

菲菲得到这个消息后喜极而泣。近两年的战斗岁月，无数事情闪过心头，每一次打算放弃，每一次又咬牙挺了过来，终于看到了希望的曙光。

她觉得这是 30 岁以后生活对她最大的奖励，她决定好好地把握公司给她的这一机遇。在外企寻求新变革的时代背景下，利用机会施展绵薄之力，发挥自身潜能，以助公司实现新的转变，找到个人进步的生长点。

我们要互相亏欠，要不然凭何怀缅

只有时间可以证明一切。随着时间的推移，众人慢慢看出来了，苏菲菲还是那个刚进公司时的苏菲菲：倔强、执着、单纯、理想化且特立独行，不是那个在众人的猜测中演化了的心机婊和圣母婊。众人的远和近都没有改变这一点，她的缺点和优点一样一目了然，变的一直只是处境和旁人的态度。

大家又开始离她近了一点。菲菲以不变应万变，对此并不在意。她一直知道，她只是一个普通的、渴望成长的小白领，时而迷惘，时而清醒，时而走运，时而失势，但无论如何，她一直坚定地走在自我成长的道路上。

她也越来越认同了郑杨杨的那句话：在你最脆弱的时候，记得，只要坚持一下，再坚持一下下，一切就翻天覆地了。

三个月后，郑杨杨载着苏菲菲行驶在去往首都机场的路上。苏菲菲要飞往伦敦总部接受第一站培训。

此时的郑杨杨已是一朵再生花。经过那场职业风波，她的价值观已微微发生变化。如果说以前，她强得像一把时时叉开的剪刀，那么现在她还是那么强，但更像汹涌的大海，平和和包容让她表现出更多的柔软。以前，她处处要强，现在她只是有时要强。

她竟然会劝菲菲：“菲菲，人生不要太过用力了，还是温和一些比较好。其实除了梦想、财富和地位这些东西，还有很多东西都很重要，甚至更重要，比如说爱情、婚姻和孩子。”

菲菲故意打趣她：“郑杨杨，这话不像你说的哈，我菲菲奋斗到今天也是拜你所赐，拜你长年累月打鸡血一样的人生观影响所致，你可不能变了啊，你变了世界就变了。”

郑杨杨不禁笑起来，振振有词：“人都会变的，每个阶段都在变，这才叫成长。”

说这话的时候，菲菲也是刚刚得知，郑杨杨已经开始谈起了温暾如水的恋爱，她的男友正是林容的前男友小李子。

多亏了那场金融风波成就了这对平时打不着边儿的鸳鸯，如果不是小李子专业的分析和反复的提醒，郑杨杨不会那么早就收手，从某种程度上说，那场风波给了小李子英雄救美的机会。

菲菲不是不吃惊的，她想起了郑杨杨之前对小李子的评价：“就一个字，拽！拽什么拽，你看人家扎克伯格那样了都不怎么拽，他还没有对世界产生什么影响呢，就拽得以为自己能改变世界了。”

缘分真正奇妙。去年喝不下的那杯茶今年突然觉得甘甜无比，去年看不下去的那本小说今年才发现原来妙趣横生。

菲菲真心为郑杨杨高兴，她仔细琢磨，郑杨杨和小李子还真是很般配，两个人的性格里都有那么一股不服输的傲娇劲头，并且都自信到了骨子里。

林容在得知这个消息后也为他们感到高兴，她的前男友能最终和她的好闺蜜在一起，用她自己的话来说也是“肥水不流外人田”。

其时，她已经带着她的创业项目获得了A轮的风投融资，每天忙得像打仗一样，甚至以资深情感专家的身份上了那么一两次电视，已经俨然行走在成功人士的康庄大道上了。

她没有时间亲自来送菲菲，但前一天晚上没有忘记打电话为她送行，贴心地说：“专心工作，未来的跨国企业女高管，姐从现在起就给你物色一个乘龙快婿，绝对配得上你！”

菲菲笑得眼泪都出来了。

她在机场和郑杨杨拥抱告别，她们都万千感慨，不由得有些伤感。

在进安检处的时候，郑杨杨挥着手和她说：“一定要幸福！”

菲菲用手做了一个OK的姿势，转身走进安检处。

她想，如果是几个月前的郑杨杨，说的一定是：“一定要努力！”

此时此刻，她的耳机里正在循环的歌曲是黄家驹的《光辉岁月》。

年月把拥有变作失去……一生经过彷徨的挣扎，自信可改变未来，问谁又能做到……

她的眼睛湿润了。人生未知，理想未满，不胜唏嘘。

回到七年前，青葱的大学校园里，那个柔弱的女文青苏菲菲，大家都以为她会最先过上相夫教子的安稳人生。可是现在，郑杨杨已找到最佳伴侣，林容已过上理想的婚姻生活，她却变成了一个四处奔波的职业女性。

没有好与坏，一切都是选择。她们走的路，顺与不顺，都是她们从心选择的，这已是大幸。菲菲觉得一切刚刚好，她对生活，没有什么不满意。她一切的所得都由自己的双手亲自获得，安稳而踏实。

飞机马上要起飞了，她掏出手机来正要关机，突然有一条微信进来，点开一看，居然是乔正发来的，他说："听说，在英国北部shetland的极光非常美，我很想去看，你愿不愿意陪我？"

一股暖流直击菲菲的胸口，带着丝丝的甘甜和丝丝的酸楚，她的眼角已湿，马上回复道："如果可以看着极光，吃着火锅，听你唱我最喜欢的那首情歌，或许可以考虑。"

乔正又发过来："记得等我。"

菲菲又回："无论我在哪里，做着什么，只要你来，我义无反顾。"

乔正回复："不见不散。"

菲菲的泪痕仍没有干，笑意已挤上眉梢，一瞬间眼前好似有万丈金光照耀，金粉金絮在空中四处飞舞，美好得如梦如幻。

原来，幸福总是不期而至。

她关掉手机，戴上耳机，这个时候耳机里的歌曲已经是王菲的《匆匆那年》。

如果再见不能红着眼，是否还能红着脸

……

谁甘心彼此就这样无挂也无牵

我们要互相亏欠要不然凭何怀缅

……

飞机已经起飞，她突然很想写一封情书，于是掏出纸笔，脱了鞋子，蜷缩在座位上写起来：

2014 年的 4 月，你穿着灰色的西装马甲，长身玉立，头发齐齐向后背过去，背着晨曦的金光向我走来，那是我第一次见你，恍惚中，心咯噔了一下……

2016 年 9 月 9 日

后　记

大时代里的认知革命

时代的巨轮在滚滚向前，科技的进步将人类带入了突飞猛进的互联网时代，而人工智能时代已经在远方遥遥招手。

时至今日，互联网已经延伸为人的手和脚，甚至是大脑，不仅改变了人们衣食住行的方式，而且正在或已经部分地改变了人们工作和思维的方式。

2014 年，中国最大的民营企业互联网公司阿里巴巴在美国的纳斯达克敲响钟声，成为该年度影响最大的经济事件，而时至今日，它的影响力早已跨出国门，成为全球商业浪潮中的一股革新力量。

新的时代也必然产生新的机遇，于是大众创新，万众创业。传统企业纷纷尝试转型，试图保住既有江山，朝阳产业一往无前，力求抢占先机占领新的制高点。

当互联网将某种民主性渗透到经济生活领域时，民营企业的春天到来了，外企的黄金时代已随着“红利时代”的大潮戛然而止，国有企业的改革随着经济体制的改革正在徐徐深入。

我们正处于一个前所未有的时代，我们的认知已经远远落后于现实，已经逐渐成为共识。它要何去何从，也许只有上帝才能准确把脉。这是大势。

小处着眼，就个人的职业生涯而言，最大的影响是互联网将一种失传已久的工匠精神重新带回人们的视野。时间和空间再也不是交流的障碍，企业的管理结构开始扁平化，家庭办公已部分地成为现实。企业对于个人而言，再也不仅仅是提供薪水的雇主角色，而是成为一种贡献个人独特技能和资源的平台，以往人们强调要有调整自己的能力以适应机构，现在人们更强调要找到适合自己的平台以寻求利益最大化的合作。人们开始重新思考职业路径的新模式。

就个人生活而言，价值观越来越多元，成功的定义开始有多种诠释。婚姻的意义开始被更多的人质疑，不婚族已不再是少数。当物质生活相对丰裕时，“你想过怎样的人生”成为每个人最重要的问题，在某种意义上，个性化的回归是个人生活领域的重大变革，虽然你也许只是商家在寻求“消费升级”时大数据的一分子，或者是政治家眼中需要被驯化的普罗大众。

“三十而立”这句古训早已经失去了现实的意义，但“30岁前要结婚”仍然是主流价值力捧的观点，虽然已在现实中渐渐开始瓦解。据权威资料显示，与二十世纪八十年代相比，中国人口的平均寿命已经增长了十岁，但我们对婚姻年龄的固有观点仍然未曾改变。人的认知总是落后于现实的发生，事实上，就笔者个人观察，身边很多都是三十好几才结婚的人生赢家。她们从来不是主流价值里的那个“恨嫁女”，相反，各种选择多得眼花缭乱，活得自由、自信且自足。

新的变化正在日新月异地发生，小人物的故事也在以全新的方式上演，像本书中的苏菲菲、郑杨杨和林容，她们分别奋斗在外企、民企和自主创业领域，受过良好的教育、没有助力、相信个人奋斗，并且价值观极正。她们结婚或不结婚，都不是因为主流价值的逼迫，而是对人生的掌控和主动选择，致力于通过个人努力把日子过成自己想要的模样。她们以一颗赤子之心相信爱情，并且发誓要嫁给爱情，而不是年龄、财富和地位。

如果说每个时代都有所谓的走在时代前沿的“新女性”，那么她们就是这个时代里诞生的“新女性”，而且正逐渐成为这个社会的主流。

图书在版编目（CIP）数据

30 岁向世界告白 / 宋美凤著 .-- 武汉：长江文艺出版社，2017.4

ISBN 978-7-5354-9435-1

I. ① 3… II. ①宋… III. ①长篇小说—中国—当代 IV. ① I247.5

中国版本图书馆 CIP 数据核字 (2017) 第 037441 号

30 岁向世界告白

宋美凤　著

选题产品策划生产机构 | 北京长江新世纪文化传媒有限公司
选题策划 | 金丽红　黎　波　安波舜
责任编辑 | 陈　曦　　装帧设计 | 郭　璐　　媒体运营 | 刘　冲
助理编辑 | 杨翠翠　　内文制作 | 张景莹　　责任印制 | 张志杰
法律顾问 | 张艳萍
总 发 行 | 北京长江新世纪文化传媒有限公司
电　　话 | 010-58678881　　传　　真 | 010-58677346
地　　址 | 北京市朝阳区曙光西里甲 6 号时间国际大厦 A 座 1905 室　　邮　　编 | 100028

出　　版 | 长江出版传媒 | 长江文艺出版社
地　　址 | 湖北省武汉市雄楚大街 268 号湖北出版文化城 B 座 9-11 楼　　邮　　编 | 430070
印　　刷 | 三河市百盛印装有限公司
开　　本 | 880 毫米 ×1230 毫米　1/32　　印　　张 | 7.5
版　　次 | 2017 年 04 月第 1 版　　印　　次 | 2017 年 04 月第 1 次印刷
字　　数 | 170 千字
定　　价 | 39.80 元